少年陰陽師

御厳《みいつ》の調べに舞い踊れ

結城光流

JN263994

16349

角川ビーンズ文庫

御《み》厳《いつ》の調べに舞い踊れ

少年陰陽師

彰子（あきこ）
左大臣道長の一の姫。強い霊力をもつ。わけあって、安倍家に半永久的に滞在中。

もっくん（物の怪）
昌浩の良き相棒。カワイイ顔して、口は悪いし態度もデカイ。窮地に陥ると本性を現す。

昌浩（安倍昌浩）
十四歳の半人前陰陽師。父は安倍吉昌、母は露樹。キライな言葉は「あの晴明の孫!?」。

六合（りくごう）
十二神将のひとり。寡黙な木将。

紅蓮（ぐれん）
十二神将のひとり、騰蛇。『もっくん』に変化し昌浩につく。

じい様（安倍晴明）
大陰陽師。離魂の術で二十代の姿をとることも。

登場人物紹介

朱雀（すざく）
十二神将のひとり。
天一の恋人。

天一　（てんいつ）
十二神将のひとり。
愛称は天貴。

勾陣（こうちん）
十二神将のひとり。
紅蓮につぐ通力をもつ。

太陰（たいいん）
十二神将のひとり。風将。
口も気も強い。

玄武（げんぶ）
十二神将のひとり。
一見、冷静沈着な水将。

青龍（せいりゅう）
十二神将のひとり。
昔から紅蓮を敵視している。

天后（てんこう）
十二神将のひとり。
優しく潔癖な水将。

白虎（びゃっこ）
十二神将のひとり。
精悍な風将。

風音（かざね）
道反大神の娘。以前は晴明を狙っていたが、今は昌浩達に協力。

益荒（ますら）
斎に仕えている謎の青年

斎（いつき）
帝の娘を待つ物忌の少女

安倍昌親
（あべのまさちか）
昌浩の次兄。
陰陽寮の天文生。

イラスト／あさぎ桜

少年陰陽師

笛の音に踊れ

昨日、ものすごく久しぶりに祖父の許《もと》に書物を携《たずさ》えて訪ねていったところ、なんだかとても歓迎《かんげい》された。

「……ような、気がする」

眉間《みけん》にしわを寄せて、昌浩《まさひろ》は不機嫌《ふきげん》丸出しの顔をしている。

「そうか？　別に変わりなく飄々《ひょうひょう》としていたように思うが」

「いーや、絶対何か含《ふく》んだような感じで笑ってた。もー確実に、間違《まちが》いなく、力いっぱい笑ってた！」

ぐぐっと両手の拳《こぶし》を握《にぎ》り締《し》めて、意味もなく力みながら昌浩は断言する。

一方の物《もの》の怪《け》は、それはお前の考えすぎだと幾度《いくど》となく言って聞かせているのだが、昌浩はそれを信じない。

「だってもっくん、あのじい様が、あのじい様がだよ？　『わしは大概《たいがい》いるのだから、わからないことがあるならいつでも聞きに来ていいのだぞ？』とか言っちゃうんだよ!?」

「……そりゃー、普通《ふつう》言うだろう。素直《すなお》に教えを乞《こ》いに行けば」

「俺は別に教えを乞いに行ったんじゃないっ」

間髪《かんはつ》入れず反論する昌浩に、彼の肩《かた》に飛び乗った物の怪が片目をすがめて切り返した。

「じゃあ何しに行ったんだよ」

「たまたま書物を読んでたら目についた箇所《かしょ》があって、たまたまじい様の部屋の明かりがまだついてて暇《ひま》そうで、たまたま通りかかったから、たまたま持ってた書物を広げて見せてみただけだいっ」

それは一般《いっぱん》的に、起きているかどうかを確認《かくにん》したあとで部屋に訪ねていって不明瞭《ふめいりょう》な点を尋《たず》ねた、と呼ぶべき行動ではないだろうか。

しかし、物の怪がいくらその点を指摘《してき》しようとも、昌浩は断固としてそれを認めないに違《ちが》いない。

「……やれやれ。根に持つところは、晴明《せいめい》にそっくりだな」

物の怪はそっと嘆息《たんそく》した。

昌浩は十三歳。氏を安倍《あべ》という。陰陽寮《おんみょうりょう》の直丁《じきちょう》で、いうなれば下《した》っ端《ぱ》の雑役《ぞうえき》専門職だ。しかし、一応将来多分きっとおそらくは一流の陰陽師《おんみょうじ》で、目下鋭意《えいい》修行《しゅぎょう》中。

修行中でもそれなりの実力を備えているので、世間一般で言うところの「陰陽師」として、退魔調伏《たいまちょうぶく》を行うこともある。

物の怪が横目で様子を窺《うかが》うと、昌浩は正面をまっすぐに見て風を切って足を進めながら、額ににじんだ汗《あせ》を煩《わずら》わしそうに袂《たもと》でぬぐった。まだ、目許に怒《いか》りの残滓《ざんし》がある。

物の怪はもう一度、さっきよりも静かに息をついた。

確かに、あれからまだ一週間と経《た》っていないので、気持ちはわかるのだが。

昌浩は怒《おこ》っている。異邦《いほう》の妖異《ようい》と対峙《たいじ》したときに、絶体絶命の窮地《きゅうち》に陥《おちい》るまで力を貸してくれなかったことを、未《いま》だに怒っているのだ。

物の怪は前足でかりかりと頭を掻《か》いた。

ちなみに昌浩が怒っているのは、物の怪の本性《ほんしょう》であるところの十二神将騰蛇《とうだ》こと紅蓮《ぐれん》が傷つきぼろぼろになって、さすがにもうだめかもしれないと諦《あきら》めそうになるまで手を出さなかったことに対してではない。

晴明の態度に対してで、自分が絶対の窮地に追い込まれたのに助けてくれなかったことに対してではない。

普通は逆ではなかろうか。

人間の子どもの心理というものは、物の怪には計り知れないものがあるようだ。

白く長い尻尾《しっぽ》をひょんと振《ふ》って、物の怪は耳をそよがせた。

この物の怪、大きな猫《ねこ》か小さな犬ほどの体軀《たいく》をしている。全身を真っ白な体毛で覆《おお》われて、四肢《しし》の先に具《そな》わった爪《つめ》が五本。首周りを赤い勾玉《まがたま》に似た突起《とっき》が一巡《いちじゅん》し、大きな丸い目は夕焼けの色を切り取ってとかしこんだ紅《あか》。

その丸い目をしばたたかせて、物の怪は話を切り上げ、別の話題を振った。

「それはそうと、くだんの邸《やしき》では何が起こってるんだって?」

一度瞬《まばた》きをして物の怪を見やり、昌浩は軽く首を傾《かたむ》けた。

「兄上もよくわかってないみたいだったけど、なんでも、屋根の上から音がするらしい」

「音?」

たかたかと歩く昌浩の肩の上で、物の怪が胡乱《うろん》な顔をする。

「そう。音。夕刻から夜までずっと、檜皮葺《ひわだぶき》の屋根の上から、どん、どん、と」

白く長い耳がぴょんと逆立った。

「音ごときで呼ぶかぁ？　普通」

そんな些細《ささい》なことで、安倍家の陰陽師を呼び出すとは。

安倍氏といったら、晴明を筆頭に陰陽師として実力者ぞろいの家系だ。まだまだ半人前と称《しょう》される昌浩とて、幼い頃《ころ》から稀代《きたい》の大陰陽師に直々に師事して様々な事柄《ことがら》を叩《たた》き込まれている。

その知識量だけでも、下手な術者には圧勝するだろう。

納得《なっとく》のいかない顔をする物の怪に、昌浩は弱り気味の目を向けた。

「いや、でも、なんだかすごく困ってるみたいだから。困ってる人を助けるのも陰陽師の仕事だし」

「それはそうだが、音ぉ？　たかが音で、呼ぶかぁ？」

やっぱり納得しない物の怪である。夕焼けの瞳《ひとみ》を半眼にして、眉間に深いしわまで寄せている。

対する昌浩は苦笑いしただけだった。

ひと回り以上年の離《はな》れた兄の成親《なりちか》が、仕事中の昌浩を訪ねてきたのは、昨日の夕方だった。たまたま仕事がひと段落していたので、上司に許可をもらい、昌浩と成親は簀子《すのこ》に出た。文月《ふみづき》に入ったばかりで、まだまだ暑気がこもって汗がにじむ。

ぬるい風で一息ついたところで、成親は頭ひとつ以上低い昌浩に切り出した。

「俺の友人に、笛師《ふえのし》の芳彬《よしあきら》というのがいるんだが、お前覚えてるか？」

成親よりふたつ年下で、下の兄である昌親《まさちか》と同じ歳の笛師だ。何度か顔をあわせたことがあるので、昌浩は頷《うなず》いた。芳彬の顔もすぐに思い浮《う》かべることができる。

紀《きの》芳彬。文官の血筋で、楽の才に恵《めぐ》まれたため雅楽寮《うたりょう》に勤めている青年だ。楽器はなんでもひと通りこなせるが、もっとも得意としているのが竜笛《りょうてき》だったので笛師となった。

「その芳彬が、怪異《かいい》に悩《なや》まされているので助けてほしいと泣きついてきた」

数日前、退出した成親が邸でくつろいでいるところに、ひどくやつれた芳彬が訪ねてきた。

ちなみに成親は結婚《けっこん》しているので、妻の実家に住んでいる。

芳彬は、見る影《かげ》もないほど憔悴《しょうすい》しきっていた。そして、知己《ちき》のあまりの変わりように言葉を失う成親に、彼は切々と訴《うった》えたのである。

「成親、頼《たの》む、助けてくれ。このままでは家族全員生きた心地《ここち》がしない」

毎日毎日怪異がつづいていて、家人もすっかり怯《おび》えてしまった。

芳彬が出仕している間は、怪異は起こらないのだという。それもまた道理だろう。基本的に怨霊《おんりょう》や妖怪《ようかい》が関与《かんよ》している怪異というものは、黄昏《たそがれ》から明け方までの、夜の間に生じるのがほとんどなのだから。

芳彬はまだ独身で、実家には両親と弟妹のほかに、数人の雑色《ぞうしき》がいる。みな怯えて縮こまりながら生活しているので、このままでは確実に心身ともに参ってしまう。

友の頼みだから引き受けたいのは山々だが、成親は暦《れき》博士の仕事で結構かなり忙《いそが》しい日々を送っている。手が空くまで待っていたら、芳彬たちは恐怖《きょうふ》で死んでしまうかもしれない。

ゆえに成親は、彼が知っている中でも一番機動性に優《すぐ》れていてかつ退魔法《たいまほう》にも長《た》けた、末の弟に白羽の矢を立てた。


紀芳彬の邸は右京の二条、西側にある。

藤原行成邸《ふじわらのゆきなりてい》ほど広くもない、世間一般的な貴族の住まいというところだ。余談だが昌浩の住む安倍邸は、主《あるじ》たる晴明の地位にしては広々とした敷地《しきち》で建物の面積もそれに応じている。

紀邸を取り囲む築地塀《ついじべい》の前で、昌浩は一度立ち止まった。外側から見て、何か異様な雰囲気《ふんいき》が漂《ただよ》っていないかどうかを探《さぐ》ってみる。

力の強い妖《あやかし》だと、一定の囲みをさだめてそれの外側には己《おの》れの妖気《ようき》をもれさせないものもいる。そういう妖は天敵である術師の存在にひどく敏感《びんかん》で、中に入った途端《とたん》に攻撃《こうげき》される場合も少なくない。

「そういうのだったらやだなぁ。不意打ち食《く》らうと反撃《はんげき》するのも大変だしなぁ」

塀《へい》の向こうに見える檜皮葺の屋根を目を細めながら眺《なが》めている昌浩の足元で、物《もの》の怪《け》も同じように後ろ足で直立する。物の怪の体長では塀の向こうなど見えないので、あくまでも形だけだ。

「確かになぁ。お前まだまだ実戦経験浅いし。やっぱ晴明の意見聞いてから慎重《しんちょう》に行動したほうがよくないか？」

額の前に手をかざしていた昌浩の目が、据《す》わった。

物の怪は目をしばたたかせる。どうやら、昌浩の自尊心をいたく刺激《しげき》してしまったらしい。

しかし、つい先日異邦の妖異窮奇《きゅうき》と対峙して絶体絶命の窮地に陥ったのは事実なのだから、足りないものはできるだけ吸収してしまうべきだと物の怪は考える。

至極《しごく》まっとうな意見だとも思う。まっとうなのだがしかし、昌浩はご不満のようだ。

しばらく不機嫌《ふきげん》そうな顔で紀邸の屋根を睨《にら》んでいた昌浩は、ふいに怪訝《けげん》そうに目を細めた。

「………なんか、いる？」

「なに？　ちょっと待て」

昌浩の肩に助走なしでひょいと跳《と》び上がって、物の怪は後ろ足で直立する。こうすると昌浩より視線が高くなるので視界が広がるのだ。

紀邸を取り囲む築地塀の向こう。屋根を凝視《ぎょうし》して、物の怪と昌浩は低く唸《うな》った。

「なんか、いるみたいだけど……」

「陰《かげ》に隠《かく》れたなぁ、いま」

がさごそと移動する影がちらりと見えた気がするのだが、死角に入ってしまった。

陰影《いんえい》が、よく知っているもののような気がしたのだが、はてさてなんだっただろうか。

「うーん…？」

「とりあえず、困っている紀家の皆々様《みなみなさま》のために急がんか」

「そうだね」

頷いて、門を目指す。

先ほど見えたものはなんだったのだろうと首をひねっていた昌浩は、なんの脈絡《みゃくらく》もなく昔のことを思い出した。

四つかそこらだったと思う。物知りの祖父の部屋に入りびたって、目につく書物を開いては読めない文字を訊《き》いていた頃だ。

晴明は博学なので、この国のことだけでなく外《と》つ国のことにも造詣《ぞうけい》が深かった。彼が所有している書物の中にはまるで絵記号のような文字で記されたものもあって、見慣れないそれを見た昌浩が怪訝そうな顔をしていると、祖父は楽しそうに目を細めて口を開いた。

『これはなぁ、海の向こうの国の、さらに西に行ったところにあるはるかはるか遠い異国についての本だ。わしが若い頃に大陸の国から運ばれたもので、もう手に入れることはできんなぁ』

絵記号以外の文字も記されていて、それは晴明が持つほかの書物の文字と同じものだ。あとになって判明したが、あれは遥《はる》か西の、遠い天竺《てんじく》をも越《こ》えた地にある国の文字だった。

晴明の部屋には、そういうものがたくさんある。

はるけき西の国には、想像もつかないような生き物がいるのだそうだ。

幼い頃にはまっこうからそれを信じていた昌浩だったが、現在の彼は数えで十三歳。そんな夢物語を現実のものだと信じるような純朴《じゅんぼく》さはとうに失《う》せている。それに、昌浩がそうなった直接的な原因はたぬき爺《じじい》こと安倍晴明にあるのだ。

だんだん不機嫌になっていく昌浩の表情を横目で見ながら、大体の察しがついた物の怪はやれやれと肩《かた》をすくめた。

「気持ちはわかるんだがなぁ……」


訪《おとず》れた昌浩を出迎《でむか》えたのは、芳彬の両親だった。妹姫《ひめ》は年頃《としごろ》なので、既《すで》に元服を終えた昌浩の前に出てくることはない。弟君は出仕していてまだ戻《もど》っていないのだそうだ。

「芳彬がじきに戻ってまいりましょう」

疲労《ひろう》のにじんだ顔で弱々しく微笑《ほほえ》む北の方に案内されて、昌浩と物の怪は主屋の廂《ひさし》に通された。夜な夜な怪《あや》しい音がするのは、この主屋の屋根の上からだという。

風の通り道を作るため、一枚蔀《じとみ》はあがり御簾《みす》が下げられている。几帳《きちょう》は端《はし》に寄せられ、御簾の近くに据えられた円座《えんざ》に腰《こし》を下ろして、昌浩は邸《やしき》の様子を窺《うかが》った。

これといった妖気などは感じない。怨霊の類《たぐい》ではやはりないらしい。

北の方が一旦《いったん》下がってふたりきりになったので、昌浩は声をひそめた。

「……もっくん、何か感じる？」

「いや、特にはなんにも」

「やっぱりそうだよねぇ」

屋根裏を睨んで眉間《みけん》にしわを寄せる。先ほど影が見えたのは、この真上辺りだったように思う。だが、害意を為《な》すような気配はまったく感じられない。先ほどのあれは、やはり見間違《みまちが》いだったのだろうか。

「でももっくんにも見えてるしなぁ」

かりかりと頬《ほお》を掻《か》いているところに、大内裏《だいだいり》の雅楽寮から退出してきた芳彬が現れた。

「やぁ、昌浩殿《どの》、久方ぶりだ」

彼は、成親や昌親が安倍邸にいた頃《ころ》、ことに寄せては土産《みやげ》を手に訪問してきた。その頃から楽の腕前《うでまえ》は相当なもので、彼の奏《かな》でる音色を聞いているうちに幼い昌浩が寝入《ねい》ってしまうこともしばしばあった。

昌浩の隣《となり》に腰を下ろし、芳彬は悲痛な面持《おもも》ちで息をついた。

「成親殿から詳細《しょうさい》は聞かれただろうか」

「あ、はい。大体のところは。………すみません、大事なのに来たのが俺なんかで」

かしこまって小さくなる昌浩に、芳彬が慌《あわ》てた風情《ふぜい》で手を振《ふ》った。

「いやいや、そんなことはない。きみは晴明様の隠し刀だという話じゃないか」

「は?」

「どっからそんな話が出たんだ?」

疑わしげな物の怪の言葉は、当然芳彬には聞こえない。

口には出さないが物の怪と同じ感想を抱《いだ》いた昌浩だったが、それについて詳《くわ》しく追及する状況《じょうきょう》ではないので話を進めることにした。

「それで、具体的にどういう現象なのでしょう。音というのは…」

ああと頷《うなず》いて、芳彬は携《たずさ》えてきた細長い布袋《ぬのぶくろ》の紐《ひも》をとき、竜笛《りょうてき》を取り出した。

「ほら、私は雅楽寮の楽師だから、常に稽古《けいこ》を怠《おこた》らぬよう、帰宅してからも竜笛を奏でることにしているんだ。妹たちもそれを楽しんでくれているので、毎日毎日四半刻ほど吹《ふ》いているのだが……」

その音に気づいたは、妹姫だった。

夕餉《ゆうげ》のあとに庭を見ながら芳彬の笛を聞く、それが紀家の日課で家族そろっての団欒《だんらん》なのだ。

「ここにみんなで集まって、時には酒を飲みながら過ごすのだが、妹が言い出した。妙《みょう》な音が聞こえる、と」

どん、どん、と。檜《ひ》皮葺《わだぶき》の屋根の上から、強い力で蹴《け》りつけているような、鈍《にぶ》い音。それが、芳彬が笛を吹き出すと鳴りはじめるのだ。

暮色が去って夜闇《よやみ》が色濃《いろこ》くなると、燈台《とうだい》と燈籠《とうろう》だけが頼《たよ》りだ。音の正体を見定めようと、父と弟が松明《たいまつ》を片手に外に出ても、屋根の上まで光は届かない。かろうじて陰影がわかる程度だ。

「奇妙《きみょう》な影《かげ》が蠢《うごめ》いていたが、すぐに見えなくなってしまったそうだ」

音はやまない。どん、どんと、不機嫌そうに屋根を叩《たた》く。怯《おび》えて母と身を寄せ合っていた妹姫が、ふと首を傾《かし》げた。もしかして、笛を吹けといっているのではないだろうか、と。確かに、笛の音がやむと音は荒々《あらあら》しくなり回数が増える。芳彬が震《ふる》える指使いで懸命《けんめい》に音色を響《ひび》かせると、穏《おだ》やかなものに変わる。

「そうやって、ここのところ毎晩毎晩、異形《いぎょう》のもののために笛を奏でて、もうこれ以上は…」

笛を吹かねば激しい音がする。まるで叱責《しっせき》するように。恐怖《きょうふ》に喘《あえ》ぎながら笛を吹き、一曲だけではすまないときもある。

「お、おとついなどは、笛を吹いているさなかにまるで争うような激しい音がして、邸が震えるような甲高《かんだか》い咆哮《ほうこう》が我らの耳をつんざき、ついに妹が卒倒《そっとう》してしまった」

堪《こら》えきれずに目許《めもと》をぬぐう芳彬である。昌浩はかける言葉が見出《みいだ》せず、視線をあてなく彷徨《さまよ》わせた。

「うーむ、結構深刻だなー。大丈夫《だいじょうぶ》かよ、晴明の孫」

「…っ、————っ、っ」

反射的に喉《のど》まででかかった「孫言うな！」を必死で飲み込み、昌浩は取り繕《つくろ》って咳払《せきばら》いなぞをする。そのまま無造作に袂《たもと》を払《はら》うふりをして、物《もの》の怪《け》の後ろ頭を容赦《ようしゃ》なく殴《なぐ》り飛ばした。

前のめりにどべしゃっと倒《たお》れた物の怪は、一瞬《いっしゅん》のちに跳《は》ね起きて直立しくわっと牙《きば》を剝《む》いた。

「お前なぁっ、ひとが痛がることはしちゃいかんと教わらんかったのかっ!」

物の怪の怒号《どごう》もなんのその、昌浩は兄の友人を力づけようと口を開いた。

「芳彬殿、俺頑張《がんば》りますから。早いとこ異様な事態をなんとかして、ご家族の皆様《みなさま》が平穏《へいおん》無事に暮らせるように」

「ありがとう。……すまないね、きみも忙《いそが》しいのに」

力なく微笑む芳彬にとんでもないと返して、昌浩は笑う。

「そんなことを言ったら兄上たちにぶっ飛ばされてしまいます。俺の友人の頼《たの》みを優先しないとは何ごとだ、と」

朗《ほが》らかな昌浩の横で、物の怪がだんだんと地団太を踏《ふ》みながら吠《ほ》えた。

「だからひとの話を聞け——————っ!」


音がするのは、芳彬が退出してきて夕餉を終えてから夜までの間だという。

庭に出て屋根の上を睨《にら》んでいた昌浩は、視線をそのまま西に滑《すべ》らせた。

そろそろ夕暮れだ。芳彬がいつも笛を奏でる時刻。

芳彬たちを対屋《たいのや》に移動させたので、主屋には昌浩と物の怪のふたりだけだ。

「もっくん、ちょっと俺が吹いてみるからさ、ここで様子見ててよ」

「わかった」

いささかむくれた様子で、物の怪はひとつ頷く。あれから延々小言を並べたのだが、昌浩がすべてをきれいに流してくれたのでむなしくなってやめたのだ。

廂に腰を下ろし、芳彬から拝借した笛を布袋《ぬのぶくろ》から出している昌浩を横目で睨《ね》めつけながら、物の怪は口をへの字に曲げた。

「まったく、昔はもっと素直《すなお》だったというのに、いったい誰《だれ》に似たんだ」

ぶつぶつとやさぐれている物の怪だが、普段《ふだん》の彼の言動が影響《えいきょう》を与《あた》えている可能性についてはまったく考えていない。近くにいれば感化されるものだ。ほぼ四六時中一緒《いっしょ》にいるならなおのこと。

もちろん日々晴明に不本意ながらも鍛《きた》えられていることも原因の一端《いったん》なのだろうが。

「まるで蔓《つる》がぐるぐる回りながら樹《き》の幹にからまっていくように昌浩の心根がひねくれて曲がりくねって一回転してどうしようもない大人になったらどうしたものか。やはり人間は素直で真っ正直で一生懸命《いっしょうけんめい》で目が輝《かがや》いていたりするほうが、ひとに与える印象というものが格段によくなるじゃないか。晴明に言い含《ふく》めとかんと将来が心配だ」

誰が聞いているわけでもないのに深刻な顔で唸《うな》っている物の怪を見やって、昌浩は怪訝《けげん》そうな顔をした。

「……もっくんどうしたんだ？」

険しい目つきでぶつぶつと何かを呟《つぶや》いている様は、いっそ鬼気迫《ききせま》るものがある。

「え、なに、もしかして俺たちが対峙《たいじ》してる妖《あやかし》って、そんなにやばかったりするのか？　それはまずいだろう」

笛を構えて天井裏《てんじょううら》を見上げる。まだ、問題の音は聞こえない。

様子を窺ったときに見えた影、果たしてあれの正体は何か。

吹き口に唇《くちびる》を当てて、昌浩は物の怪に視線を投じた。気づいた物の怪が目をしばたたかせて、白い尻尾《しっぽ》をひょんと振る。準備万端《ばんたん》だ。

「よし」

ところで。

安倍昌浩当年とって十三歳は、元服前の数ヶ月間様々な事柄《ことがら》に挑戦《ちょうせん》し、その道の大家にことごとく「才能なし」という悪い意味での太鼓判《たいこばん》を押されていた。

その中には楽器、特に竜笛も含まれていた。

昌浩は、竜笛が実は結構苦手だったりする。

ちゃんと音が出るといいなぁ。

心中で呟きながら呼吸を整え、吹く。

低い音色が響いた。よかった、鳴ってくれたよ。

ほっと胸を撫《な》で下ろした瞬間《しゅんかん》、激しい音が響いた。

だんっ、だんっ、だだんっ。

「わっ⁉」

昌浩は思わず笛を離《はな》して天井裏を見上げた。予想以上に激しい音だ。

庭では物の怪が剣呑《けんのん》な表情で屋根上を凝視《ぎょうし》している。徐々《じょじょ》に変化していく空と同じ色の瞳《ひとみ》がきらめき、細められた。

「もっくん、なんか見えた？」

「……いや。もう一度吹いてみろ」

「うん」

再度笛を吹いてみる。といっても、芳彬のように美しい旋律《せんりつ》を奏《かな》でられるわけではないから、一音を延々鳴らすだけだ。

と、またもや激しい音がした。まるで叱責するように、だんだんと屋根を叩いている。

昌浩が笛を吹きつづけている間、音は激しさを増しながら止まらずに響く。

このままでは屋根が壊《こわ》れてしまうのではないかと心配になるほど、強い。

しばらく屋根を見上げていた物の怪が、ふと眉根《まゆね》を寄せた。

「――――昌浩や」

ぱたんと尻尾を振って、物の怪は半眼を対屋に滑らせた。

「ちと、手をとめて芳彬を呼んで来い」

昌浩の目が丸くなる。

「え？　なんで？　いま呼んできたら、益々《ますます》心痛がひどくなるんじゃ…」

五本の爪《つめ》が具《そな》わった前足をあげて、物の怪が昌浩を黙《だま》らせる。

「いいから、呼んで来い。気になることがある」

昌浩は眉間《みけん》にしわを作って不満ありありの表情をしたが、おとなしく対屋に向かった。

戻《もど》ってくるまでの間、物の怪は屋根の上と空とを交互《こうご》に見やる。

暮色が強まる空から、自然のものとはまったく別の風が流れてきた気がした。

「む～？」

苦虫を噛《か》んで潰《つぶ》してじっくり味わった顔をして、物の怪は何やら思案している風情《ふぜい》だ。

戻ってきた昌浩の後ろから、怯えきった芳彬が屋根裏をちらちら見ながらやってきた。

「昌浩殿《どの》、いったい…」

「あ、えーとですね。ちょっと…」

わけを話せという視線を投げてよこす昌浩の足元に飛び上がって、物の怪は口を開いた。

「芳彬に、常日頃《つねひごろふ》吹いてる曲を演奏させろ」

目をしばたたかせる昌浩に、物の怪は繰《く》り返す。

「早くしろ。俺が説明するわけにはいかないんだから」

物の怪の姿は、徒人《ただびと》には見えない。声も聞こえない。

わけがわからないながらも、昌浩は芳彬に言った。

「いつも芳彬殿が吹いている曲を、吹いてもらえますか？」

「えっ？」

さっと青ざめる芳彬に、昌浩ははたはたと手を振《ふ》った。

「あ、大丈夫《だいじょうぶ》です。危険がないように見張ってますから」

「多分いつもの笛でないといかんと思う」

物の怪の言葉を芳彬に伝えると、彼は渋々納得《しぶしぶなっとく》してくれた。

いつでも逃《に》げられるように廂《ひさし》の一番端《はし》に立ち、芳彬は姿勢を正して笛を構えた。

やがて、美しい旋律が風に乗って響《ひび》き渡《わた》る。先ほど昌浩が生み出した音と同じ楽器だとは到《とう》底《てい》思えない。

「おお、見事見事。さすが雅楽寮の楽師」

素直に感嘆《かんたん》する物の怪である。昌浩もそう思う。思うと同時に、自分の才能のなさを痛感してどん底に落ちて打ちひしがれる。

ああ俺ってば、ほんとに何から何まで才能ないっていうか不器用っていうか無能っていうかなんていうか……。

どよんとした暗雲を背負いはじめた昌浩を顧《かえり》みて、物の怪が片目をすがめた。

「なんだなんだぁ？　いまさら楽の才がないからって落ち込むなよな、とっくに太鼓判押されてんだし」

芳彬がいるので黙ったまま、昌浩は目で応じた。

そうだけど、やっぱり少しはできたほうがいいじゃないか。

「まぁな。のちのことを考えればまぁ、恋《こい》した姫《ひめ》に一曲献《けん》じるくらいはできたほうが、格好がいいわな」

それがいつになるかはともかく。

現在は元服したばかりで、色恋沙汰《いろこいざた》など考えられない状況《じょうきょう》でもある。仕事が一人前になる前に恋だの愛だのと言おうものなら、まだまだ早いと怒《おこ》られそうだ。

しかし、十三歳の身空では、そんな状況に陥《おちい》るなどはるか彼方《かなた》の気がする昌浩である。

俺歌苦手だし、筆もお世辞にもきれいとは言いがたいし、楽器もだめだからなぁ、少しは頑《がん》張《ば》ったほうがいいよなぁ。

思考があらぬかたに曲がりだした昌浩を現状に引き戻したのは、屋根を叩《たた》く音だった。

だんっ、だんっ、たんったんっ、たたんっ。

「う、うわっ、また…っ！」

びくりと身をすくませて芳彬が頭を抱《かか》える。がたがたと震《ふる》える肩《かた》が痛々しい。

徒人にはこの程度の音でも恐怖《きょうふ》の対象になるのだなぁと、お座り体勢になって後ろ足で首のところをわしゃわしゃと掻《か》き回しながら物《もの》の怪《け》は思った。

最初は驚《おどろ》いたが、別に激しい妖気《ようき》や怨念《おんねん》などを欠片《かけら》も感じないので、恐《おそ》れる理由が何もない。

昌浩もそれは同様のようで、訝《いぶか》しげな顔で屋根裏を見上げていた。

「……あれ…？」

顔をしかめて、持っていた笛を構える。

かろうじて音になったものが、頼《たよ》りなく響く。

すると、だんだんだんと激しい音が屋根から轟《とどろ》いた。

間を置いて、昌浩がもう一度笛を吹く。先ほどよりもさらに激しい音がした。

「……芳彬殿《どの》、もう一度吹いてもらえます？　それで、音がしても止めないでください」

昌浩に頼《たの》まれて、芳彬は涙目《なみだめ》で笛を構えた。美しい音色が広がっていく。

たんっ、たたんっ、たたんっ、たんっ。

物の怪が白い尾《お》をぴしりと振った。昌浩の眉間に刻まれたしわが深くなる。

廂から簀子《すのこ》を突《つ》っ切って庭に下りた昌浩は、念のために用意しておいた梯子《はしご》を屋根にかけて、ひょいひょいと登る。物の怪は軽く助走をつけて、屋根にそのまま飛び上がった。

屋根のてっぺんにたどり着いた昌浩と物の怪は見た。

暮色を背景にして、芳彬の奏でる音色に合わせて上機嫌《じょうきげん》で踊《おど》る——。

「……蟷螂《とうろう》…」

半ば啞然《あぜん》とした呟きは物の怪のものだ。

蟷螂。平たくいうとかまきり。二本の鎌《かま》を具えた、あのかまきりである。

ただし、でかい。昌浩より背丈《せたけ》がありそうなほどに。

ただの蟷螂というよりは、これは。

「化け蟷螂……」

昔々その昔、稀代《きたい》の陰陽師《おんみょうじ》安倍晴明から、その末孫である昌浩は聞いたのだ。

はるか西の天竺よりも、さらに西の果てには髪《かみ》や瞳の色が違《ちが》う人たちの国がある。

外見こそ違えども、彼らは自分たちと同じ人間で、自分たちと同じように生きている。

ただ、かの国には、不思議な生き物がいるとかいないとか。

昌浩は思った。

天竺のはるか西の国うんたらかんたらはおとぎ話かもしれない。晴明の言うことだし、真偽《しんぎ》が疑わしいことこの上ない。が、少なくともこの日の本には不思議な生き物が実在している。

そう、いま目の前に。

しばらく呆然《ぼうぜん》と立っていた昌浩に、前足で頭を器用に掻いた物の怪が言った。

「試《ため》しに、いまのよりもっとゆったりした曲を演じてくれるように、芳彬に言ってみろ」

「……わかった」

梯子を途中《とちゅう》まで降りて、廂のところで縮こまっている芳彬に呼びかける。

「すみません、もっとゆるやかな曲をお願いします」

「わ、わかった」

昌浩の意図がさっぱりわからないながらも、彼は言われたとおりに演目を変える。

それまでとはがらりと曲調の変わった音色に合わせて、蟷螂はゆるやかに足をさばきはじめた。右の鎌を扇《おうぎ》に見立てているように、へたな貴族よりよほど優雅《ゆうが》に舞《ま》っている。

物の怪の表情に呆《あき》れに似たものが混じった。

「昌浩ー、次はもっと軽快なの吹かせてくれー」

梯子に摑《つか》まったまま屋根の下から顔を出していた昌浩が、数段下がって曲の変更《へんこう》を伝える。

旋律《せんりつ》の速まった曲が流れ出すと、蟷螂は鎌を振りながら四本の足を器用に動かし、ぱたぱたと笛に合わせた足音を立てて踊り出した。

物の怪は、思った。そんな場合ではないし、そんな感想を持つのも何かが間違《まちが》っているとわかっていたが、それでも思った。

蟷螂、いっそ白拍子《しらびようし》でもやったらどうかというくらい、うまい。

「うーんと…」

先ほどまでなんとか保っていた緊張感《きんちようかん》など、既《すで》に空の彼方に消え去ってしまった。

つまりだ。極上《ごくじよう》と評して間違いない芳彬の笛に引き寄せられてどこからともなくやってきた蟷螂が、笛が鳴るのを毎日屋根の上でおとなしく待っていて、鳴りだすと機嫌《きげん》よく踊っていると、そういうことらしい。

「なるほどなぁ。笛の音を解しその旋律に合わせて舞い踊るとは、随分雅《ずいぶんみやび》やかな蟷螂だなぁ」

感嘆する物の怪の許《もと》ににじりよってきた昌浩が、怪訝《けげん》そうに首をひねった。

「でも、だったらさっきはどうしてあんなに激しい音をさせたんだ？」

「さっき？」

昌浩を顧みる物の怪が聞き返す。

「うん。ほら、俺が吹いたとき」

「あー…」

物の怪は半眼になって首の辺りをわしゃわしゃと掻き回した。

なんとなく、予測がついた。

「芳彬を止めて、お前もう一度吹いてみ」

「？　うん」

廂の芳彬に合図をして、屋根に登ったまま昌浩が笛を吹く。

それまで上機嫌で踊っていた蟷螂が、唐突《とうとつ》に動きを止めた。

二本の鎌を下げて、触角《しょっかく》をぴくぴくと動かすと、後ろ足でだんだんと屋根を踏《ふ》みつける。何度も何度も踏みつけて、どう見てもご機嫌斜《きげんなな》めという様子だ。

「はい、そこでやめ。んじゃ次芳彬で」

すました物の怪が前足をあげる。さすがに理解した昌浩が、眦《まなじり》を吊《つ》り上げた。

「……つまりは、何か？　下手な笛は引っ込めと、そういうことか……？」

物の怪が明後日《あさって》を眺《なが》めやって首元をわしゃわしゃ掻き回す。

昌浩は暗雲を背負いながら芳彬に笛を吹くよう伝えると、物の怪の許に戻《もど》ってきた。

「くそう、蟷螂風情《ふぜい》にばかにされるなんて」

恋した姫に一曲献上《けんじょう》以前の問題ではないか。

「絶対上手になってやる……！」

拳《こぶし》を握《にぎ》り締《し》める昌浩に、物の怪は気のないそぶりで言った。

「まぁ頑張れ」

ふくれ面《つら》をしていた昌浩は、ふと目をしばたたかせた。

「……ねぇ、もっくん」

蟷螂を見ていた物の怪が視線を滑《すべ》らせた。

「芳彬殿が言ってたけど、何か争うような音がしたんだったよね」

「ああ、そう言ってたな」

「でも、この蟷螂、どう見ても踊ってるだけだよね」

「時には舞まで差しとるが、そうだな」

昌浩は考え込んだ。

「争うっていうと…敵だよねぇ、多分。でも、こんなに大きな蟷螂の敵なんて、いるのかぁ？」

むむ、とうめいて物の怪も器用に前足を組む。

「確かに。ここまででかいとなぁ。ほれ、その辺りに棲《す》んどる妖《あやかし》とかかもしれんぞ」

言いながら物の怪は、ふと先ほど感じた風を思い出した。自然のものではない、何かが作り出したような気流。

相変わらずふらふら踊っている蟷螂を眺めつつ、昌浩は声をひそめた。

「俺、思い出したんだよね。昔じい様に聞いた話。でもあんなの、絶対に作り話だし…」

「どんなだ？」

「天竺のはるか西の国に、ばかでかい鳥がいるらしいよ。伝説らしいけど、でもそんな鳥いるわけがないと俺は思……ん？」

ふいにばさっと、羽ばたきがした。

まだかろうじて夕陽《ゆうひ》が残っているはずなのに、昌浩と物《もの》の怪《け》の周囲が突然影《とつぜんかげ》になる。はたと気づけば、蟷螂の足音も途絶《とだ》えているではないか。

代わりに響《ひび》くのは威嚇《いかく》の唸《うな》り。

がばりと天を仰《あお》いだ昌浩たちは、常識では考えられない大きさの鳥影を目撃《もくげき》することとなった。

紀邸《てい》の上空を巨大《きょだい》な鳥が旋回《せんかい》している。蟷螂を狙《ねら》っているのか、鳥の目が下方をじろりと睨《にら》んだ。

ぽかんと口を開けていた昌浩は、およそ状況《じょうきょう》にそぐわない声でそぐわない言葉を口走った。

「鳥なのに、鳥目じゃないの？　もう夕方遅《おそ》いのに…」

「そういう問題かーっ」

さすがに物の怪が声を上げると、巨鳥はくちばしを開いて鋭《するど》く鳴号した。対する蟷螂は鎌を掲《かか》げて戦闘《せんとう》態勢をとっていたが、隙《すき》を見つけるや否《いな》やくるりと踵《きびす》を返し、そそくさと屋根を伝って紀邸に滑り込んだ。

「―――っ!!」

声にならない絶叫《ぜっきょう》が廂《ひさし》から響いてきた。次いで、何か重いものが落ちるような音。

「く、食われたっ!?」

慌《あわ》てた昌浩が転げ落ちるようにして屋根の端《はし》から母屋《おもや》を覗《のぞ》くと、卒倒《そっとう》した芳彬を飛び越《こ》えた蟷螂が几帳《きちょう》の後ろに身を隠《かく》す様が見えた。

首の後ろで括《くく》った髪が逆さまになった視界の上のほうでぶらぶら揺《ゆ》れている。蟷螂の主食はなんだったろうかと思案しながら体勢を戻し、昌浩は上空を舞う巨鳥を見上げた。

隠れてしまった蟷螂を未《いま》だ諦《あきら》めきれない様子で、巨鳥は怒《いか》りを込めた鳴き声を響かせる。

鼓膜《こまく》がびりびりと震《ふる》えるような大きさに耐《た》え切れず、昌浩は両手で耳をふさいだ。

「天竺の向こうからはるばるやってきたとか言うんじゃないだろうなぁ」

半ばぼやいた昌浩の周囲が翳《かげ》った。鳥影が迫《せま》ってくる。消えてしまった蟷螂を諦めて、標的を切り替《か》えたのか。

羽ばたきの生み出す風が頬《ほお》を叩《たた》く。旋回した翼《つばさ》がまっすぐ昌浩をめがけて下降するのがわかった。

「うそぉ!?」

鳥って肉食だったのか！

いまいち要点のずれた思考が脳裏《のうり》を席巻《せっけん》した瞬間《しゅんかん》、紅《くれない》の闘気《とうき》が渦《うず》を巻いて炎《ほのお》と化した。

翼を掠《かす》めた灼熱《しゃくねつ》に驚愕《きょうがく》した巨鳥が慌てて上昇《じょうしょう》し、紀邸の屋根を俯瞰《ふかん》する。

屋根のてっぺんに、長身の体躯《たいく》があった。闇《やみ》になり変わる寸前の空を背負って、十二神将紅蓮が剣呑《けんのん》な顔で鳥を睥睨《へいげい》している。

昌浩が息を呑《の》んで見守る中、旋回する巨鳥と紅蓮の眼光が互《たが》いにぶつかりあって火花を散らす。彼の手にゆらゆらと立ち昇《のぼ》る闘気が、いままさに炎に転じようとしているのが見て取れた。

しばらく旋回していた巨鳥は、やがて白旗を揚《あ》げたのか数度羽ばたき、藍色《あいいろ》に染まった東の空に消えていく。

「……鳥目は……」

相変わらずずれた感のある昌浩に、紅蓮は間髪《かんはつ》入れず返した。

「そういう問題と違《ちが》う！」


紅蓮が物の怪の姿に立ち戻ってほどなく、隠れていた蟷螂がひょこひょことよじ登ってきた。

敵影《てきえい》が消えたのを確認《かくにん》し、昌浩と物の怪の横を素通《すどお》りして屋根の一角にうずくまる。

そのまま動かなくなった蟷螂に接近して、物の怪が人にはわからない言葉を発した。蟷螂が鎌《かま》を少し動かし、何やら応じている。

しばらくやりとりをして、物の怪はひとつ頷《うなず》くと昌浩のところに戻ってきた。

「なんだって？」

「そろそろここも危なくなってきたから、二、三日したら移動すると」

蟷螂いわく。先ほどの巨鳥、あれは実はばかでかい百舌《もず》なのだそうだ。

話を聞きながら梯子《はしご》を降りていた昌浩は、思わず手足を止めた。

「百舌ぅ⁉」

「そ、百舌。確かにまぁ、でかい蟷螂がいるならそれを捕食《ほしょく》するでかい百舌がいても不思議はない」

「そういう問題か」

「自然《しぜん》の摂理《せつり》だからな」

涼《すず》しい顔をしている物の怪は、昌浩の肩《かた》に乗っている。

梯子を降りきった昌浩は廂にのびていた芳彬を介抱《かいほう》し、気がついた彼にことのあらましを報告すると、最後をこう締めくくった。

「つまり、あの蟷螂は芳彬殿《どの》の奏《かな》でる妙《たえ》なる音色に惹《ひ》かれてここに引き寄せられ、毎日気分よく踊《おど》っていただけですね。蟷螂を追ってきた百舌に見つかったのであと数日で移動するそうですから、もう少しだけ吹《ふ》いてあげてください。喜びますから」

「はぁ……。家族に危害を加えるようなことは…」

「ありません。本当に、ただ笛の音に乗って踊っているだけです」

昌浩がきっぱり断言したので、芳彬の懸念《けねん》は消えたらしい。

安堵《あんど》した様子で息をつき、何度も礼を述べてきた。

明日には成親にも詳細《しょうさい》を報告しに行かなければならない。

昌浩はそのまま紀邸を辞去し、帰りが遅いと心配しているであろう家族の待つ自邸《じてい》へ急いだ。

とっぷりと暮れてしまった闇夜の中、安倍邸につながる二条大路を駆《か》けていた昌浩は、肩に乗っている物の怪に尋《たず》ねた。

「あの百舌とか蟷螂みたいにでかい生き物、ほかにもいたりするのかなぁ？」

「あー、昔でかい蜥蜴《とかげ》は見たなぁ。人界でないところにはいる」

「そっかぁ。あんまり人間の住んでるところには来ないでほしい…」

大騒《おおさわ》ぎになるから。

やれやれとため息をついたとき、視界のすみに白いものが掠めた。

空を振《ふ》り仰いだ昌浩は、うげっとうめいて目を剝《む》いた。

見覚えのある白い鳥。瞬《まばた》きひとつでひらりと舞《ま》う一枚の紙片《しへん》に変わる。

落ちてきたそれを摑《つか》み取って、夜闇で読めないので物の怪に並んでいる文を朗読してもらうと、次のような内容だった。

『昔々その昔、わしが語って聞かせた異国の伝説は、どうやら事実であったらしいのぅ。頭ごなしに疑ったりせずに、柔軟《じゅうなん》な思考で物事を見んといかんぞ。それと、曲がりなりにも一応貴族の端《はし》くれなのだから、笛くらいはまっとうに吹けるよう要修行《しゅぎょう》。ばーい、晴明』

澱《よど》みなく読み上げたあとで、物の怪は感心した風情《ふぜい》で瞬きをした。

「見てたのか」

成親が指示した件で晴明は無関係のはずなのだが、相変わらずの千里眼だ。

一方の昌浩は、式文《しきぶみ》をぐしゃぐしゃと握《にぎ》り潰《つぶ》して肩を震わせると、きっと眦《まなじり》を吊《つ》り上げた。

本日の彼にとって、最たる逆鱗《げきりん》は蟷螂にまで却下《きゃっか》されてしまった笛にほかならない。

肩から物の怪を振り落とすほどの勢いでまるめた式文をいずこかに投げ飛ばしながら、彼は怒号《どごう》した。

「あんのくそ爺《じじい》――――っ！」

少年陰陽師

出だしを思いめぐらせば

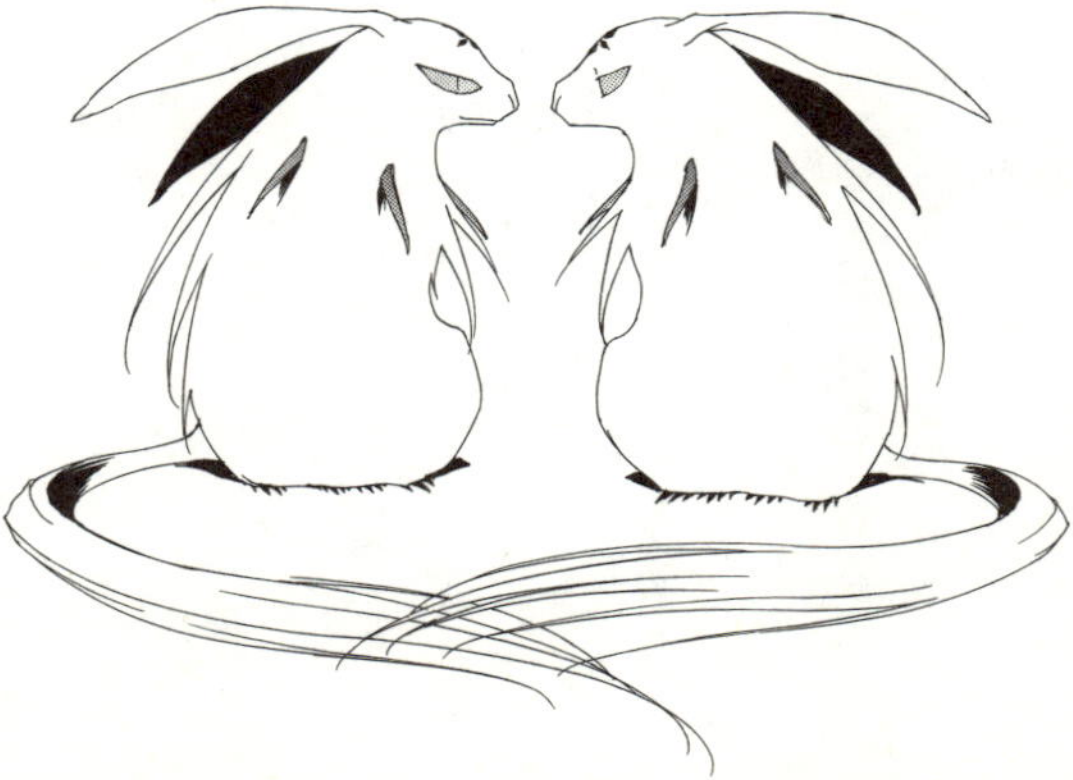

1

珍《めずら》しいことに、彼は困惑《こんわく》していた。

その原因は彼の眼前で、呑気《のんき》な仕草で首の辺りを後ろ足でわしゃわしゃと掻《か》いている。

真っ白な毛並みで全身を覆《おお》われたその生きものは、大きな猫《ねこ》か小さな犬ほどの体軀《たいく》をしている。長い耳が後ろに流れて、同じく長い尻尾《しっぽ》がひょんひょんと揺《ゆ》れる。

あくびをして長々と寝《ね》そべる姿は、本当にただの動物だ。

首周りを一巡《いちじゅん》する勾玉《まがたま》に似た突起《とっき》は赤く、額に花のような紅《あか》い模様がある。

うつらうつらと昼寝《ひるね》に入って閉じられた瞼《まぶた》の下に隠《かく》された瞳《ひとみ》は、紅い色をしているのだ。

しばらく黙然《もくぜん》とそれを凝視《ぎょうし》していた彼は、半眼をめぐらせた。

「………おい、昌浩」

呼ばれた昌浩は、眉間《みけん》にしわを寄せて書物と睨《にら》めっこをしている最中だった。

彼がいま手にしているのは陰陽《おんみょう》の蔵書の一種で、道具を使った術の言わば実用書である。

「っかしいなぁ。これで合ってるはずなんだけど。んー…」

書面から、寝そべっている生きものに目を移す。

この生きものを、昌浩はいつも物《もの》の怪《け》のもっくんと呼んでいる。本来の意味として「物の怪」という呼称《こしょう》はそぐわないのだが、響《ひび》きがぴったりだと思っている昌浩は、物の怪のもっくんで押し通した。いまでは異論を唱えるものはいない。本人以外には。

「……でもまぁ、別に問題もないし、緊急《きんきゅう》事態でもないし、いいか？」

「待て」

「大丈夫《だいじょうぶ》。あとでちゃんとどうにかするから。あ、でも」

再び書面を睨みながら、昌浩はつづけた。

「解呪法がわかるまでは、混乱するからそのままでいてね、紅蓮」

「こら」

間髪《かんはつ》入れずに異議を唱えて、十二神将騰蛇は片眉《かたまゆ》をあげた。

紅蓮というのは、十二神将騰蛇のもうひとつの名前だ。

稀代《きたい》の大陰陽師《だいおんみょうじ》安倍晴明が、十二神将を式にくだした折に、その名を授《さず》けた。

昌浩の祖父は、その晴明である。

安倍晴明の後継《こうけい》と謳《うた》われる昌浩は十三歳で、持って生まれた凄《すさ》まじい才能を、未《いま》だ開花させていない。

発展途上《とじょう》の修行中の身なので、昌浩は手が空くと勉強をして知識を蓄《たくわ》えることに精を出していた。

しかし、知識だけ持っていても、経験がなければそれは、上辺だけのものになってしまう。平時に技術を磨《みが》いておくほうがいざというときに有利であるし、また失敗しても何が敗因であったのかを落ちついて分析《ぶんせき》できる。

などなどと、堅苦《かたくる》しい理由をこじつけて、至極真面目《しごくまじめ》な顔をして、昌浩はかなり突拍子《とっぴょうし》もないことを言い出したのだった。

何もないときには呑気な仕草で呑気に過ごすことを常としている物の怪は、その日も呑気に丸くなっていた。

つい先日、様々な経緯《いきさつ》の末に安倍家に半永久的居候《いそうろう》の身となった藤原彰子《ふじわらのあきこ》は、違和感《いわかん》なく日常を過ごせるようになったようだ。

最初のうちは、本人はうまく隠しているつもりのようだったが、相当気遣《きづか》っている様子だったのが見て取れた。

もともとの順応性も高いのだろうが、本人の努力が一番功を奏している。

「ま、ここにいられることが心底嬉《うれ》しいから、頑張《がんば》れるんだろうなぁ」

うつらうつらしながら感心していたら背中をつつかれて、片目を開けてみると、昌浩が覗《のぞ》き込んできている。

「もっくん、ちょっと協力してほしいんだけど」

やけに真摯《しんし》な口調で告げられて、物の怪は首を傾《かたむ》けた。

「なんだ？」

「うん、修行《しゅぎょう》の一環《いっかん》」

よく見れば、昌浩の手に陰陽の書物が握《にぎ》られている。それなりに難易度の高い術が記載《きさい》されている代物《しろもの》だ。

ぱらぱらと紙片《しへん》を繰《く》りながら、昌浩はしかつめらしい顔をした。

「苦手は克服《こくふく》しないといざというときに困ると思うんだよね」

「まぁ、確かにな。特にお前は星見だの占《せん》だのが不得手だし。陰陽師の基本としてそれはやっぱまずいだろ」

「それもそうなんだけど……」

書面に落としていた視線を物の怪に向けて、昌浩は瞬《まばた》きをした。

「考えてみると俺、まともに式を飛ばしたことってないんだよねぇ」

物の怪は夕焼けの瞳を丸くした。

「そうだったっけか？　……ああ、言われてみるとそうだったような」

「じい様がよくやってるような……ほら、式文とか、ああいうの。できないと困るよね」

「だな。陰陽師だったら式のひとつやふたつは飛ばせないと困るぞぉ」

うんうんとしきりに頷《うなず》く物の怪に、昌浩は意気込んで言った。

「じゃあ、ちょっと紅蓮に戻《もど》ってくれる？」

一瞬《いっしゅん》、間があった。

なにが、じゃあ、だというのだ。それまでの会話とは関連性も脈絡《みゃくらく》もないではないか。

そう指摘《してき》すると、昌浩は心外な、という顔で反論してきた。

「ちゃんと意味があるんだい。協力するって言っただろ、物の怪に二言はないんじゃなかったのか」

「二言も何もそんなこと言っとらんわっ。それに俺は物の怪と違《ちが》う！」

「とにかく」

手を振《ふ》って物の怪を黙《だま》らせると、昌浩は話を元に戻した。

「紅蓮になってよ」

「なってどうするんだ」

「それはそのあとで話すから」

物の怪は渋面《じゅうめん》を作った。

現在この邸《やしき》には安倍家の面々のほかに、当代一の見鬼《けんき》である彰子がいる。

白い尻尾をぴしりと振って、物の怪は重々しく言った。

「……彰子がいるところで本性《ほんしょう》になるのは、俺は願い下げだ」

十二神将火将騰蛇の、甚大《じんだい》にして苛烈《かれつ》な神気は、隠形《おんぎょう》していても確実にこぼれ出るし、ほかの同胞《どうほう》たちのものより強いのだ。伊達《だて》に十二神将最強と謳われているわけではない。

「……は？」

昌浩は眉を寄せた。

「うーん、じゃあ、都の外の野原にでも行く？　誰《だれ》もいないほうが、万が一失敗したときに誰にも迷惑《めいわく》がかからないだろうし」

あっさり言ってのける昌浩を睨《ね》めつけながら、物の怪は半眼になった。

失敗したときに誰かに迷惑がかかるようなことをするのか。何をするつもりだ、こいつは。

安倍晴明の後継者《こうけいしゃ》は、ときに予測もつかないような奇想天外《きそうてんがい》なことを考える。そういう部分は実に晴明そっくりだが、麾下《きか》である十二神将や眷属《けんぞく》たちにとってそれは、あまりありがたくないところだ。

なんとなく嫌《いや》な予感を覚えつつ、物の怪は昌浩と、隠形している十二神将六合《りくごう》と、興味深そうな顔をして同行を申し出た十二神将玄武《げんぶ》とともに、人の滅多《めった》に訪《おとず》れない東山の山中に向かった。

冬も半ばで風は冷たい。物の怪は白い毛並みに覆われているし、十二神将たちは気候の寒暖などさして気にならない性状であるからいいのだが、人間である昌浩は少々つらそうだ。しきりに腕《うで》をさすりながら足踏《あしぶ》みをしたりして体をあたためている。

隠形している六合と、こちらは顕現《けんげん》している玄武が見守る中で、昌浩は何度も何度も書面を読み返してひとつ頷くと、物の怪を促《うなが》した。

物の怪はため息をひとつつくと、瞬きひとつで本性になり変わった。

紅蓮は長身だ。十二神将中もっとも長身なのだと以前玄武に聞いたことがある。六合と青《せい》龍《りゅう》と紅蓮の三人はさして背丈《せたけ》に差異はないが、紅蓮がもっとも高いのだ。

「玄武、これ持っててくれる？」

書物を預かった玄武が興味津々《きょうみしんしん》の体《てい》で見ていると、昌浩は突拍子もないことを言い出した。

「紅蓮、髪《かみ》一本ちょうだい」

「髪？」

紅蓮は怪訝《けげん》そうに呟《つぶや》いた。目にかかるざんばらの髪に手をあてて、眉間《みけん》のしわを深くする。

仕方なく一本引きちぎって渡《わた》すと、昌浩は懐《ふところ》から人形《ひとがた》に切り抜《ぬ》いた料紙を出した。紅蓮の髪をはさむようにして半分に折り、印を組んで目を閉じる。

この時点で、神将たちには昌浩の意図がわかった。

口の中でぶつぶつと小さく呪文《じゅもん》を呟き、昌浩はそれを鋭《するど》く投じた。

人形の料紙が瞬く間に形を変えて、地表に降り立った。

「……………あれ？」

降り立ったものを見つめて、昌浩は目をしばたたかせた。

紅蓮と玄武が啞然《あぜん》としている。

それは一同を眺《なが》め渡してから、不遜《ふそん》な表情で言った。

「なんだなんだ、見せもんじゃねぇぞ」

ちょこんとお座りをして、後ろ足で首の辺りをわしゃわしゃと掻《か》きまわす。それから大口を開けてあくびをすると、耳をそよがせて丸くなり、目を閉じてしまった。

「……あれ？」

昌浩は首をひねった。と、式は片目を開けて昌浩を一瞥《いちべつ》する。

「俺は眠《ねむ》い。邪魔《じゃま》するなよ」

それから不機嫌《ふきげん》そうに眉を寄せ、式は紅蓮をちらと見上げた。

「陽射《ひざ》しが眩《まぶ》しいなぁ。おい、お前ちょっとここに座って日除《ひよ》けをやってくれ」

玄武は思った。

あの騰蛇に日除けを命じる式。色々な意味で、すごい。

しばらく絶句していた紅蓮は、ついと細目になると、腰《こし》を折って手をのばし、式の首根っこを摑《つか》んで無造作にぶら下げた。

「お、何しやがる。ひとをもの扱《あつか》いするんじゃないっ」

「誰がひとだ、式の分際で」

「なんだとぅっ」

じたばたと足搔《あが》く式をぶら下げる紅蓮の後ろで、昌浩は書物を確認《かくにん》している。

「っかしいなぁ。予定では紅蓮とそっくりの式になるはずだったんだけど、あれ？」

「あれ、て、お前な……」

渋面の紅蓮に、昌浩は反論する。

「ほんとだって。もっくん作るんだったら、別にわざわざ紅蓮に戻ってもらう必要なかったじゃん。もっくんのままで背中の毛の一本でももらえばよかったんだから」

「そうしていたら、逆に騰蛇ができていたのだろうか」

ごく自然に湧《わ》き出た疑問を玄武が口にした。

昌浩と紅蓮は思わず顔を見合わせた。

もしそうなっていた場合、あまり考えたくない事態に発展しそうだ。

じたばたと足をばたつかせている式を睨《にら》みつつ、紅蓮は嘆息《たんそく》した。

「とにかく昌浩、さっさと解呪《かいじゅ》してくれ。複雑な心境になってくる」

陰陽師《おんみょうじ》の術は、陰陽師にしか解けない。特にこういう細かいものは、力ずくで破ることはできても、反動が大きくなるのでへたに手を出さないほうがいい。無理に破れば術者本人にはね返る。昌浩に術が返るのは避《さ》けたい。

「でぇいっ、いい加減離《はな》せよなぁ。十二神将騰蛇だかなんだか知らないが、お前にこんな扱いを受けなければならない理由はないはずだっ」

子どものように甲高《かんだか》い声が、強気で文句を並べ立てる。

玄武は感嘆《かんたん》していた。

あの騰蛇に、堂々と文句を言う見た目物《もの》の怪《け》。なるほど、変化した騰蛇は、相手が誰であろうとこういう態度を取っているが、騰蛇自身に対してもこうなのか。

「珍《めずら》しい光景だな」

それまで隠形していた六合が、顕現して呟いた。抑揚《よくよう》に欠ける口調だが、感心している風情《ふぜい》なのが読み取れた。

「まったくだ」

心の底から同意する玄武である。

一方、原因を作った昌浩は、術書の該当箇所《がいとうかしょ》を何度も何度も読み直していた。最初のうちは立っていたのだが、やがてどっかり草の上に腰をすえて胡坐《あぐら》をかく。

「おかしいなぁ、俺がやりたかったのって、媒体《ばいたい》とそっくり同じ形の式を作る、だったんだけど、あれぇ？」

どこを見ても、目を皿のようにして読み返しても、こんな事態は記載《きさい》されていない。

媒体が悪かったのだろうか。だが、自分とそっくりな式では成功か否《いな》かがよくわからないし、どうせだったら小さな物の怪よりも長身の体軀《たいく》である紅蓮のほうが、よりわかりやすいだろうと思ったのだ。

紅蓮の手にさげられた式は、暴れているので反動で振り子のように揺《ゆ》れている。

「………」

昌浩は、ほけらっとその光景を見つめた。

紅蓮が変化した姿がこの物の怪なのだから、同時に存在することは本来ならばありえない。

これはこれで、面白《おもしろ》い。

などと不謹慎《ふきんしん》な考えがちらりと脳裏《のうり》を掠《かす》めた。昌浩は慌《あわ》てて頭《かぶり》を振ると、術を解こうと試みた。解けば式は料紙と髪に戻《もど》る。

「――はずだったんだけど、あれぇ？」

長丁場になりそうだと踏《ふ》んだ時点で、昌浩同様玄武と六合も既《すで》に地面に座っている。

じたばたと暴れるので、紅蓮も腰を下ろして式を離してやった。

ようやく解放された式は、しばらく不機嫌そうに紅蓮を斜《はす》に見上げ、わざとらしく息をついた。

「まったく、もう少し心の余裕《よゆう》ってものを持てよなぁ。いくら俺が予想外にできあがった代物《しろもの》だったとはいえ、まっとうに思考能力まで持ってる優良な式だぞ？　ん、式、ってのも味気ない呼び方だな、おい騰蛇」

ふいに話を振《ふ》られて、紅蓮は片眉《かたまゆ》を上げる。式は構わずにつづけた。

「何かないのか。なんたって名前というのは一番短い呪《しゅ》だからな。そこの半人前陰陽師は別件で忙《いそが》しそうだし、お前考えてみろよ」

ちなみに式のいう別件というのは、このやけに舌の回る偉《えら》そうな物言いの式の解呪法の探索《たんさく》である。

こたえあぐねていると、式は肩《かた》をすくめ、大きな丸い瞳《ひとみ》を半眼にした。

「ないのかよ、まったくしようがねぇなぁ。こういうときに機転が利《き》かせられないでどうするよ。大体、千とうん百年軽《かろ》やかに生きてるくせに、どうしてこういうときに柔軟《じゅうなん》な対応ができないんだ？　もう少し考えたほうがいいぞ、お前」

「……………大きな世話だ」

語調に険が含《ふく》まれる。金の双眸《そうぼう》がすっと細められた。

しかし、式はまったく動じない。

「ま、別に俺はこのままでも一向に構わないけどな。もう少し時間がかかりそうだし、一眠《ひとねむ》りするか。起《お》こすなよ」

長々と寝《ね》そべる式を見下ろして、紅蓮は眉を寄せた。

常日頃《つねひごろ》、自分はこの風体《ふうてい》を取っている。昌浩が物の怪のもっくんと呼ぶ異形の姿だ。

自分ではわからなかったが、傍目《はため》にはこんな風に見えていたのか。

姿が変わると性格も変わるものなのだろうか。我がことながら、まったく自覚がなかった。

十二神将の威厳《いげん》はどこへ。

「解呪法がわかるまでは、混乱するからそのままでいてね、紅蓮」

「こら」

間髪《かんはつ》入れずに返した瞬間《しゅんかん》、かすかな妖気《ようき》が風に紛《まぎ》れて漂《ただよ》ってきた。

書物を閉じた昌浩が、反射的に立ち上がる。玄武や六合も腰を浮《う》かせた。

紅蓮は視線だけを走らせた。

風上か。

「……魔獣《まじゅう》？」

低く呟いたのは、それまで丸くなっていた式だった。

「もっくん？」

昌浩がいつものくせで、物の怪の姿を取った式にそう呼びかける。

式は目をすがめて昌浩を斜に見やった。

「もっくん言うな、晴明の孫」

「孫言うな！　物の怪の分際で！」

「物の怪言うな！」

玄武と六合にとっては見慣れたやりとりである。が、普段《ふだん》は当事者である紅蓮にしてみると、実に新鮮《しんせん》な光景だ。場《ば》違《ちが》いな感動まで覚えてしまった。

「それもどうなのか……」

額を押さえて呟《つぶや》くと同時に、紅蓮は片手を無造作に払《はら》った。

突進《とっしん》してきた黒い影《かげ》が、紅蓮の放った闘気《とうき》で弾《はじ》き飛ばされる。

悲鳴を上げてもんどりうった妖獣《ようじゅう》は、すぐさま体勢を整えて低く唸《うな》った。

立ち上がりながらそれを認め、紅蓮はかすかに眉をひそめた。

「狼《おおかみ》か。一匹《いっぴき》ということは……」

「斥候《せっこう》か」

紅蓮の言葉を受けて六合が口を開いた。

これは通常の狼とは異なる。妖力を持った妖獣の類《たぐい》だ。妖狼は十匹《ぴき》ほどの群れをなす。餌《えさ》を求めて移動しているうちに、人間の臭《にお》いに誘《さそ》われて都に近づいたものだろう。

風が妖気を運んでくる。風上をじっと見はるかすと、幾《いく》つかの黒影《こくえい》が蠢《うごめ》いているのが確認《かくにん》できた。

注意深く気配をさぐりながら、昌浩は数歩前に出た。その傍《かたわ》らに、紅蓮と六合が立ち並ぶ。

昌浩の隣《となり》に移動した玄武が剣呑《けんのん》な風情で呟いた。

「異邦《いほう》の妖異《ようい》を殲滅《せんめつ》させたことで、これまで息をひそめていた妖獣、魔獣の類が出てくるのではないだろうな」

「そうなったら、ちょっとまずいよね……」

紅蓮の手から、真紅《しんく》の炎蛇《えんじゃ》が立ち昇《のぼ》った。

「ここで手加減しながら叩《たた》いておけばいい。奴《やつ》らもばかじゃないだろうからな」

黙然《もくぜん》と頷《うなず》いた六合の手に、銀槍《ぎんそう》がひらめいた。

一同の意識が魔狼《まろう》の群れに向けられている。

お座りをしながらそれを眺《なが》めていた物の怪の目が、きらめいた。

十二神将が三人。そして一応見習いながらも将来きっと多分おそらくは立派な陰陽師予定がひとり。

少し威嚇《いかく》してやると、魔狼の群れは敗色濃厚《のうこう》と悟《さと》って引き上げていった。

無駄《むだ》な殺生《せっしょう》を好まない昌浩は、やれやれと息をつき、ふと気づいて目を剝《む》いた。

「あれ、もっくんは？」

「は？」

ここにいるだろう、と言いかけて、紅蓮はいまの自分が本性《ほんしょう》であることを思い出した。昌浩が指しているのは、自分が作った式である物の怪のほうだ。

そこに、と指差そうとした玄武の動きが止まる。六合が無言で周囲を見渡《みわた》した。

だが、あの白い姿はどこにも見出《みいだ》せなかった。

2

まずい。

安倍邸《てい》に向かって足を動かしながら、昌浩は考え込んでいた。

あのあと周辺をどれほど探しても、物の怪《もののけ》の姿は見つからなかったのだ。

「さすが、式といえども騰蛇の変化だな。我らにまったく気取られることなく行方《ゆくえ》をくらますとは」

「そういう問題か」

重々しい玄武に、言葉少なく六合が返していたが、まったくもってそういう問題ではない。

あれは式だが、媒体《ばいたい》に紅蓮の髪《かみ》を使用しているのだ。

十二神将の髪は、それ自体も強い通力を持っている。

あの力を欲《ほっ》する妖怪変化《ようかいへんげ》は多い。悪意ある妖怪たちが十二神将に手出しをしないのは、攻撃《こうげき》しようものなら返り討《う》ちにあうことが必至だからだ。

物の怪姿を取っていても、その本性が十二神将騰蛇であることに変わりはない。だから妖怪たちは物の怪に危害を加えられない。しかし、式は違《ちが》う。

物の怪の姿を取っているだけの、昌浩が作ったただの式だ。十二神将のような苛烈《かれつ》な神気など当然持っていない。妖力の強い化け物だったら、あの物の怪を倒《たお》して取り込んでしまうことが容易にできるのだ。

「紅蓮の力の、たとえば髪一筋分だよね。それを取り込んじゃったら、妖怪はどれくらい強くなるものなんだ？」

いつもだったら足元や肩《かた》のところに物の怪がいて、昌浩の疑問に答えを投げかけてくれる。しかし、現在紅蓮は異形の姿に戻《もど》らず隠形《おんぎょう》しているので、返答は耳の奥に直接響《ひび》いた。

《さてな。その妖怪の元々の強さにもよるだろうが……》

《数倍から十数倍、と仮定しておくと、精神衛生上よいと思われる》

「過小評価するなってことか……。うわぁぁ、それってやっぱりまずいよなぁ、早く探し出さないと」

冬の日暮れは早い。昌浩たちが都はずれに赴《おもむ》いたのも相当に遅《おそ》い時間だったので、物の怪の姿が見えないと気づいた頃《ころ》には宵《よい》の口。いまでは完全な夜闇《よやみ》だ。

遅くなるとは伝えていなかったので、一旦邸《いったんやしき》に戻らなければならない。

《おい昌浩。あの式をあとで探しに行くのは別に構わんが、邸に帰るなら俺は異形の……》

昌浩は肩越《かたご》しに振《ふ》り向いた。

「混乱するからだめだって。ただでさえ、もっくんのときは紅蓮の通力の欠片《かけら》もないんだから、元に戻ると式なのかもっくんなのかわからなくなる」

元に戻る、という表現は正しいのだろうか。

埒《らち》もないところに疑問を感じながら、黙《だま》ってふたりのやりとりを聞いている玄武と六合である。

《俺と式の違いくらいわかるだろう》

「わからないかもしれないから混乱する、て言ってるんじゃないか」

《いばるな》

「別にいばってないよ」

隠形している紅蓮と会話、なんだか新鮮だなぁ。

内心でそんなことを考えながら、昌浩は前方へ向き直った。

夜になったばかりなので、残業して帰途《きと》についた役人たちに遭遇《そうぐう》する率が高い。都の大路小路は大概幅広《たいがいはばびろ》なので、距離《きょり》を取ろうと思って気をつけていればこちらの声が聞かれてしまう心配はないものの、用心に越《こ》したことはない。

反対側の道端《みちばた》を進んでいく牛車《ぎっしゃ》と随従《ずいじゅう》を認めて、昌浩は声をひそめた。

「紅蓮としゃべってたもっくんの口ぶりからすると、性格はやっぱりもっくんだったよね。ということは、もっくんの行く先は紅蓮だったら予想できたりしない？」

《──────》

一瞬《いっしゅん》、沈黙《ちんもく》が降った。

訝《いぶか》った昌浩が肩越しにちらりと視線を投じる。

「紅蓮？」

隠形していても、十二神将たちの気配は感じられる。玄武や六合のそれはかすかで気をつけていないと見過ごしてしまいそうになるのだが、紅蓮の気配はすぐにそれとわかるほど強かった。

だから、間違《まちが》うことはない。

しばらく黙っていた紅蓮は、複雑そうな語調で言った。

《……お前の言っていることに、俺が混乱しそうだ》

確かに。

異形の姿をとっているとき、紅蓮は常にもっくんと呼ばれている。紅蓮と、あの姿のときにもそう呼ぶのは、晴明だけだ。

同胞《どうほう》たちは、自分がどんな姿をしていようとも、騰蛇と、絶対の名で呼んでくる。

昌浩は周囲をぐるりと見渡した。

どうしたわけか物の怪の形になってしまった式は、自分たちが少し目を離《はな》した隙《すき》にどこかに行ってしまった。

「雑鬼《ざつき》たちだったら見かけてるんじゃないかなぁ」

都に棲《す》まう雑鬼たちは、黄昏時《たそがれどき》になると起きだして活動をはじめる。そして夜明けが訪《おとず》れる頃に、眠《ねむ》い目をこすりながらねぐらに帰っていくのだ。

まだ夜になったばかりだから、雑鬼たちは絶好調だろう。彼らはいたるところにいる。誰《だれ》かが物の怪の姿を見かけているかもしれない。

「……まぁ、都にいてくれれば、なんだけど」

物の怪の考えることは、昌浩にはわからない。

「紅蓮、どう思う？」

《なぜ俺に訊《き》く》

胡乱《うろん》げに返す紅蓮に、昌浩は当然といわんばかりの体《てい》で振り返った。

「そりゃあ紅蓮に訊くよ。もっくんの姿で紅蓮の髪を媒体にしてるんだからさ」

一応筋は通っているが、いまいち釈然《しゃくぜん》としない。

いくらなんでも、同じ姿だからといって式の思考など紅蓮にはわかるはずがない。


安倍邸に戻った昌浩は、仕方がないので晴明の許《もと》に向かった。

「じい様、ちょっと相談があるんですが」

燈台《とうだい》に点《とも》された火を頼《たよ》りに巻物を広げていた晴明は、眉間《みけん》にしわを寄せた昌浩の顔を見て目をしばたたかせた。

「ん？　なんだ昌浩、どうした」

さすがの晴明も、今回の件はまだ知らないようだ。

じい様でも見通せないことがあるんだなぁと関係ないことを考えながら、昌浩は言葉を選んで口を開いた。

「あのですね、式のことなんですが」

昌浩の手にある書物を一瞥《いちべつ》し、晴明はふむと腕《うで》を組んだ。

晴明自身も、内容を一言一句違《たが》わずに暗唱できるほど完璧《かんぺき》に頭の中に叩《たた》き込んだ文献《ぶんけん》だ。若い頃には無駄《むだ》な情熱があったものだと懐想《かいそう》しながら、晴明はついと手をのばして孫の手から書物を取り上げた。

「わしがいつも打っている式文《しきぶみ》は、覚えれば簡単だぞ。お前、まだできんかったか？」

「できませんよ。……すみませんねぇ」

苦虫を噛《か》み潰《つぶ》したような顔をする孫に笑って、晴明は片眉《かたまゆ》を下げた。

「別に誰も責めとらんだろう。で、お前の相談というのは？」

「えー、と。実は……」

そこで言い澱《よど》む。何かあると見て取り、晴明は怪訝《けげん》そうに眉を寄せた。

「何かあったのか？」

昌浩は視線を泳がせた。

その視線を追った晴明は、あることに気づいて目を丸くした。

「おや？　昌浩、紅蓮はどうした。あれがお前のそばにいないというのも珍《めずら》しい」

いつもだったら昌浩のすぐ傍《かたわ》らに控《ひか》えている物の怪が、目につくところにいないのだ。

だが、異界に戻ったわけではない。気配は近くに存在している。

「……気配？」

晴明は屋根裏を見上げた。

気配が、ある。屋根の向こう。だが、これは。

「紅蓮の奴《やつ》、紅蓮のまま隠形《おんぎょう》しとらんか？」

「さすが晴明。隠形している騰蛇の神気を確実に捉《とら》えたな」

昌浩の背後に顕現《けんげん》した玄武が重々しく呟《つぶや》いた。

安倍邸《てい》の屋根の上で片膝《かたひざ》を抱《かか》え、紅蓮は不機嫌《ふきげん》そうな様子で隠形していた。隠形していても気配は完全に抑《おさ》えきれず、こぼれ出る神気が漂《ただよ》って、普段《ふだん》だったら徘徊《はいかい》しているはずの雑鬼たちが周辺から姿を消していた。

紅蓮にとってこの状況《じょうきょう》は、大変に不本意だった。

なんのためにいつも物《もの》の怪《け》の姿になっているのか。いままでの努力が水の泡《あわ》ではないか。苛立《いらだ》ちが神気に刺々《とげとげ》しさを与《あた》える。ちっと舌打ちして、紅蓮は右腕《みぎうで》で左腕を掴《つか》んだ。

金の双眸《そうぼう》に剣呑《けんのん》な色がにじむ。

苛烈《かれつ》な神気は、こういうときは厄介《やっかい》なだけだ。

「十二神将最強か。ありがたくない称号《しょうごう》だな」

低く唸《うな》ったとき、傍らに同胞の気配が降り立った。

「どうしたんだ、随分苛《ずいぶんいら》ついてるじゃないか」

紅蓮はちらりと視線をあげた。

涼《すず》やかな黒曜の瞳《ひとみ》で紅蓮を見下ろす彼女は、十二神将土将勾陣《こうちん》である。彼女のくせのないまっすぐな髪《かみ》が、肩口《かたぐち》でさらりと揺《ゆ》れた。

「勾《こう》。お前こそ、異界から出てくるなど珍しい」

「普段抑制《ふだんよくせい》されて感じ取ることも難しいお前の神気が突然《とつぜん》出現すれば、何事かと思うだろう。異形の姿はどうした」

「好きで本性《ほんしょう》のままいるわけじゃない」

「ほう？」

膝を折って紅蓮と目線を合わせながら、勾陣は安倍邸内部の様子を窺《うかが》った。

晴明の部屋で、彼らの主《あるじ》とその末孫が深刻な会話をかわしているようだ。

話の細かいことまではわからないが、騰蛇が関《かか》わっているらしい。

「…………異界に戻《もど》ったほうが、気が楽じゃないのか？」

勾陣の言葉に、紅蓮は渋《しぶ》い顔をした。

「昌浩のそばを離《はな》れるわけにはいかん」

「だったら近くに行ったらどうだ」

「邸《やしき》の中には彰子がいるんだ。あれに姿を見せるつもりはない」

勾陣は小さく苦笑《くしょう》した。

なるほど、気を遣《つか》って思案した結果、隠形して屋根上に控えているわけだ。

「それで騰蛇よ、何があったんだ？」

紅蓮の眉間によったしわが、さらに深まった。


さしもの晴明も、意表をつかれた風情《ふぜい》だった。

「それは……また……珍しい現象だな」

「珍しい、ですよねぇ」

これには全面同意する昌浩だ。

「じい様、おっそろしく長い、長すぎる人生の中において、目論見《もくろみ》以外の結果が出たことってどのくらいあります？」

「おっそろしく長い、とそんなところに力を込めるな。それはともかく、目論見以外の結果なんぞ、山のようにあったのでいちいち覚えておらんわい。臨機応変に柔軟《じゅうなん》な対応をすれば特に問題はなかったしの」

「そんなもんですか」

「若かりし頃《ころ》のわしの信条は、なるようになる、だった」

それもどうだろう。

祖父と孫の対話を聞いていた玄武と隠形している六合が、無言で目を見交《みか》わす。

「まぁ、陰陽《おんみょう》の術というのも常にまったく同じ結果が出るというわけではないからな。今回のような事態もないこともないだろうからそれはいい」

「いいんだ……」

「いいことにしておけ。突《つ》き詰《つ》めて考えている場合ではなかろう」

「それは確かに」

うんうんと頷《うなず》く昌浩に、晴明は腕組みをして思慮《しりょ》深げな顔を向けた。

「その、物の怪の姿をした式か。自己を確立しているというのがまた厄介な」

昌浩が片手をあげた。

「じい様、混乱するんで、解決するまで紅蓮は紅蓮のままでいてもらいます。だから式は物の怪のもっくんで」

「お前も大概《たいがい》いい加減というか……」

「それこそじい様の言うところの臨機応変で」

臨機応変の意味を取り違《ちが》えているような気が、ものすごくする。

六合と玄武がまたもや無言で視線を交わす。

こういうやり取りを対等にするあたり、昌浩は間違《まちが》いなく晴明の孫だ。

「もっくんが行きそうなところって、じい様は心当たりありませんか？」

問われた晴明は首をひねった。

「紅蓮の奴は、どこかに足をのばすということのあまりない奴だからなぁ。わしが行くところについてくるくらいで、自発的に動いたことはないぞ」

それに、と、晴明はひとつ気づいて昌浩を見返した。

「異形の姿をしているなら、紅蓮というより物の怪の思考を読むべきだな」

紅蓮の姿でいるときと物の怪の姿でいるときでは、言動にかなりの差異があるのだ。おそらくあれは無意識なのだろう。意識してやっているのだとしたら、ある意味問題だ。

「物の怪だったら、わしよりお前のほうが詳《くわ》しいだろう。どうだ、昌浩」

昌浩は頭を抱えた。

「ええ？　俺だってよくわかりませんよ。もっくんはいっつも俺と一緒《いっしょ》にあっちに行ったりこっちに行ったりしてるし、もっくんだけでどこかに行くことなんてなかったはずだし」

それに、何もないときの物の怪は、呑気《のんき》な仕草で丸くなってうつらうつらとしていることが多かった気がする。昌浩の膝の横で寝《ね》そべって、平和を満喫《まんきつ》しているようだった。

もっくんは日向《ひなた》ぼっこが好きなんだよなぁと考えながら、昌浩は屋根裏を睨《にら》んだ。

「………行ったことがある場所を、ひとつずつ潰してみる、とか？」

昌浩と物の怪が足を運んだことのある場所。

東三条殿《ひがしさんじょうでん》。

貴船山《きふねやま》。

巨椋池《おぐらいけ》。

ほかにもあるのかもしれないが、昌浩が思いつくのはこの程度だ。窮奇の作り出した異空間などは、それ自体が消滅《しょうめつ》してしまっているから除外。ああ、妖怪《ようかい》と対峙《たいじ》したあばら家だの、戦闘時《せんとう》に木《こ》っ端微塵《ばみじん》になった邸だの、彰子の従姉姫《いとこひめ》の邸などもあったか。そういう場所まで含《ふく》めると、結構な広範囲《こうはんい》だ。

「ところで昌浩や」

晴明に呼ばれて、昌浩は視線を戻した。

「はい？」

「魔狼《まろう》の群れというのは、その後どうした？」

昌浩は玄武と六合を見た。玄武の隣《となり》に六合が顕現する。

それを見て、彼ははた、と気がついた。

隠形《おんぎょう》しているときの六合は、意識して探《さぐ》らないと気配を感じ取ることすらできない。なのに、いま屋根上にいる紅蓮の気配は、労せずして捉《とら》えることができる。ここまで差があるとは、随分《ずいぶん》と紅蓮の神気は強いのだ。

「威嚇《いかく》したところ、おとなしく山野に引き上げていったと思われる」

玄武が報じると、晴明はふむと考え込んだ。

魔狼は総じて賢《かしこ》い。餌《えさ》を求めているのなら、夜陰《やいん》に乗じて都に侵入《しんにゅう》し、騒《さわ》ぎを立てないようにしながら夜盗《やとう》や物乞《ものご》いを狩《か》る程度のことはするかもしれない。

「いま一度遭遇《そうぐう》するようなことがあったなら、その際には完全に撃退《げきたい》したほうがよいかもしれんな。何せ相手はけだものだ、虎視《こし》眈々《たんたん》と機会を窺うだけの頭も持ち合わせておる」

都に棲《す》まう雑鬼たちのように明るく妖《あやかし》生活を満喫しているものとは違う連中だ。

「相手が攻撃《こうげき》してきてからでもいいかなぁ」

「それで構わんだろう」

「わかりました。じゃあ俺、もっくんを探しに行ってきます」

膝を立てる孫に頷いて、晴明は玄武と六合を見やった。

「お前たち、昌浩について行ってやってくれ」

「了承《りょうしょう》した」

返したのは玄武で、六合は黙然《もくぜん》と首肯《しゅこう》するに留《とど》まる。

出て行く昌浩の背を見送って、晴明はやれやれと息をついた。

「紅蓮が紅蓮のままでおるのは実に久しぶりだのぅ」

いままさに昌浩を呼びに行こうとしていた彰子は、彼が出かける準備をしているのを見て目を丸くした。

「昌浩、夕餉《ゆうげ》の支《し》度《たく》ができたのだけど……どうしたの？」

手を止めて振《ふ》り返った昌浩は、ひとつ頷いた。

「ちょっとね、急用ができて」

「食べていくんでしょう？」

「うー……」

ちらりと玄武を一瞥《いちべつ》すると、子どもの姿をした十二神将はすました顔で口を開いた。

「空腹を抱《かか》えて動けなくなる危険性を熟慮《じゅくりょ》するべきだと思われる」

隠形している六合も、同意見のようだ。彼らの言い分はもっともなので、昌浩はそれを聞くことにした。それに、実は先ほどから小腹がすいていた。

「うん、食べてから行く」

彰子はほっとしたように笑った。

「よかった。……ね、昌浩」

ふと、彼女は不安げな目をした。

「どうした？」

振り返った昌浩の狩衣《かりぎぬ》の袂《たもと》をそっと摑《つか》んで、彰子はそろそろと周囲を見回す。

「近くに、何かいるような気がするの。……妖ではないみたいだけど……」

肌《はだ》を刺《さ》すような、妖気《ようき》とはまた違うもの。意識して探らずとも、ただここにいるだけで圧倒《あっとう》されるような。

「何かしら。昌浩、わかる？」

問われた昌浩は、周囲をきょろきょろと見回して首を傾《かし》げた。

「えー、と？　なんだろう。玄武、六合、わかる？」

六合が顕現《けんげん》して玄武と視線を交わした。やや置いて、大人びた口調で玄武が答える。

「――否《いな》、我らも特に危険は感じない」

玄武がちらと見やると、六合も頷き、そのまま隠形する。

昌浩は、安心させるように笑った。

「大丈夫《だいじょうぶ》だよ。それに、近くに何かがいるんだとしても、じい様の結界《けっかい》があるから絶対入ってこられないし」

「うん……」

いささかの不安を残しながらも、彰子は小さく頷いた。


一方、屋根上で紅蓮は頭を抱えていた。

「あぁぁ……」

彼の隣で腕《うで》を組んだ勾陣が、厳《おごそ》かに口を開く。

「彰子姫が言っていたのは、お前の神気、なのだろうな」

「……そうだろうとも」

勾陣は感心した風情《ふぜい》で隣の紅蓮を見やった。

なるほど、確かに当代一の見鬼だ。騰蛇がここまで気遣《きづか》って神気を抑制《よくせい》しているというのに、それでもそれを感知してしまうとは。

参った顔をした紅蓮が、屋根を移動する。

「おい、晴明」

声を聞きつけ簀子《すのこ》に出てきた晴明は、軒端《のきば》から逆さまに顔だけ出している紅蓮を見て目を丸くした。

「紅蓮……」

呆気《あっけ》にとられている晴明の様子を気にもせず、紅蓮は言った。

「この状況《じょうきょう》をなんとかしてくれ」

3

その場しのぎとも言う。

「だがまぁ、何もせんよりはましだろうて」

不満ありありの顔をした紅蓮の右腕《みぎうで》には、晴明が術を施《ほどこ》した数珠《じゅず》がつけられている。これは紅蓮の額の金冠《きんかん》同様、苛烈《かれつ》な通力を抑制するための代物《しろもの》だ。

数珠を触《さわ》ってそれを確かめるようにしている紅蓮に、老陰陽師《ろうおんみょうじ》は肩《かた》をすくめてみせた。

「それほど気にすることもないと思うがなぁ」

「そんなことを言っていられるか。俺自身の問題なんだぞ」

「いやだから……、まぁいいわい」

そのまま屋根の上に戻《もど》っていく紅蓮の背を眺《なが》めやり、晴明はため息をつきながら六壬式盤《りくじんちょくばん》に手をのばした。


闇《やみ》に染まった都を、昌浩は疾走《しっそう》していた。

いつもは傍《かたわ》らにある白い物《もの》の怪《け》の姿はなく、代わりに十二神将玄武が並走している。

「昌浩、どこに行くのだ」

彼はまっすぐ西洞院大路《にしのとういんおおじ》を南下していく。

「東三条殿」

「式がそこにいると考えているのか？」

「いるかどうかはわからないけど……」

言い澱《よど》んで、昌浩は眉《まゆ》を寄せた。

「俺ともっくんが一緒《いっしょ》に行ったところ、て考えると、まず東三条のお邸《やしき》だよなぁと思ってさ」

「なるほど。――む」

ふいに玄武が険しい顔をした。隠形していた六合がばっと飛び退《すさ》る気配がする。

昌浩が視線を走らせるのと玄武が跳躍《ちょうやく》するのとはほぼ同時。

一瞬《いっしゅん》のちに、大量の雑鬼たちが上機嫌《じょうきげん》で声を上げた。

「あっ、孫めっけ――――！」

「わあぁぁぁぁっ！」

あとからあとから大量に降り注いでくる雑鬼たちを、距離《きょり》を取った場所に立って眺めていた玄武は、重々しく言った。

「あれは、雑鬼たちなりの親愛表現なのかもしれんな」

玄武の隣《となり》に顕現した六合が、物言いたげな顔をして同胞《どうほう》を見下ろす。しかし彼は明言を避《さ》け、沈黙《ちんもく》したまま雑鬼の山に歩み寄り、無造作に手を突《つ》っ込んだ。

山に埋《う》もれていた昌浩が、六合の手で引っ張り出される。

襟首《えりくび》を摑まれてぶら下げられた形の昌浩は、苦虫を嚙《か》んでじっくり味わった顔をした。

「……おのれ…」

低く唸《うな》る昌浩の衣《ころも》にしがみついた一本角の丸い雑鬼が、実に楽しげに笑う。

「あはははっ、相変わらず迂闊《うかつ》だなぁっ!」

「お前ら、なぁ……」

あきれ返った風情で据《す》わった目をする昌浩に、雑鬼たちはこたえた様子もなくけろりとして言い立てる。

「だめだぞぉ、もっと注意深く辺りに心を配らないと」

「まったくだ。気もそぞろではいざというときに大変だ」

「でもま、窮地《きゅうち》に陥《おちい》っても式神《しきがみ》がいるから安泰《あんたい》……おや?」

三つ目の蜥蜴《とかげ》がふと言い差して、片前足を目の上にかざしながら周囲をぐるりと見渡《みわた》した。

と、雑鬼たちがそろって同じ仕草をしながら同じように声を上げる。

「おや?」

異口同音に言ってのけた雑鬼たちの視線が、昌浩に注がれた。

猿《さる》に似た三本角の雑鬼が、一同を代表するように口を開く。

「なぁ、式神はどうした?」

「どうした？」

一同そろって繰《く》り返す。一糸乱れぬ大合唱。ある意味見事だ。

妙《みょう》なところで感嘆《かんたん》している玄武である。

問われた昌浩はといえば、口をへの字に曲げて雑鬼たちをざっと眺めやり、それから六合を見上げた。

「……そろそろ下ろしてもらえると助かるんだけどなぁ」

それまでずっと昌浩をぶら下げていた六合は、無言で要求を聞き入れる。

狩衣の汚《よご》れを憤然《ふんぜん》と払《はら》った昌浩は、雑鬼たちをじとっと睨《ね》めつけた。

毎回毎回、こちらがどんなに怒《おこ》ろうともいきり立とうともまったく意に介《かい》さず潰《つぶ》してくれやがる。

「いい加減祓《はら》うぞ畜生《ちくしょう》……」

ぐぐっと拳《こぶし》を固める昌浩の狩袴《かりばかま》を、三つ目の蜥蜴がちょいちょいと引いた。

「ん？」

「なぁなぁ、式神は一緒じゃないのかよ。ほかの式神がいるのはともかく、あの式神がいないのはなんだか妙だ」

言葉のとおり、蜥蜴は何やら神妙《しんみょう》な面持《おもも》ちだ。

雑鬼たちにしてみたら、物の怪姿であろうと本性《ほんしょう》であろうと、またほかの十二神将たちであろうと、全部まとめて「式神」なのだ。

そのとき、一匹《ぴき》の雑鬼があっと声を上げた。

「見たぞ、俺。式神があっちに走って行くの」

「え？」

昌浩がはっと見やると、きょろりとした目の大きな蝦蟇《がま》が、南方を指していた。

「あの真っ白な式神だから、見間違《みまちが》ってはないはずだ。いつもみたく身軽にたかたか走って向こうに行った」

ということは、東三条殿という昌浩の予測は外れていなかったことになる。

昌浩は六合と玄武を促《うなが》した。

「行くぞ」


過日、一の姫《ひめ》の女御入内《にょうごじゅだい》を滞《とどこお》りなく済ませた東三条殿は、そのときのにぎやかしさを忘れ、ひっそりとした静寂《せいじゃく》に包まれていた。

見鬼であった一の姫のために施されていた安倍晴明の結界も、現在は解かれている。

数刻ごとに行われる警護の巡回《じゅんかい》の合間を縫《ぬ》って、昌浩と神将たちは東三条殿に忍《しの》び込んだ。

「なんだってこんなことに……」

音を立てないようにそろそろと足を進めながら、昌浩は口の中でぼやいた。

ついこの間まで一の姫が住んでいた東北の対屋《たいのや》に向かう。昌浩と物の怪にとって、この東三条殿の中ではそこが一番馴染《なじ》みの深い場所だ。

「もっくんやーい、いるかー？」

声をひそめて呼びかけるが、返答はない。

紅蓮の髪《かみ》を媒体《ばいたい》に作った式だから、漂《ただよ》わせているものは紅蓮の気配と同じものになる。感覚を研《と》ぎ澄《す》ませて探《さぐ》ってみると、対屋の簀子《すのこ》の下に、僅《わず》かな残滓《ざんし》があるのを捉《とら》えることができた。

「やっぱり、ここに来てたんだ……」

だが、既《すで》に立ち去ってしまったあとだ。気配の残滓もごく僅か。雑鬼たちに捉《つか》まっていなかったら、もしかしたら行きあえていたかもしれない。

「遅《おそ》かったか……。ほんとに、もっくんはどこ行ったのかなぁ」

物の怪はなんのためにここに来たのだろう。

昌浩は、物の怪の行く先を示す手がかりがないか、視線を走らせた。

歩を進めるごとに小さな足音が響《ひび》いてしまう。気をつけていても、土を踏《ふ》む沓《くつ》の音を完全に殺すことはできない。

冬の半ばの風はきんと冷たく澄み渡《わた》り、一切《いっさい》の雑音を遮断《しゃだん》してしまう。彼の立てる足音は、必要以上に大きく聞こえてしまうのだ。

昌浩がそうっとそうっと対屋の周囲を回るのとは対照的に、十二神将玄武と六合は、大して気遣《きづか》うそぶりも見せずにすたすたと足を進めている。彼らは基本的に裸足《はだし》で、さらには隠形《おんぎょう》しているものだから、どれほど派手に歩こうと駆《か》けようと暴れようとその存在は徒人《ただびと》にはまったく認識《にんしき》されないのだ。

「いいなぁ……」

呟《つぶや》いてから昌浩は、何も彼自身が邸内《ていない》に入らなくても、玄武と六合に偵察《ていさつ》を頼《たの》めばよかったのだという事実に思い当たった。

簀子の下にもぐりこんで何かないかと探していた昌浩は、なんとも形容のしがたい顔で、こめかみをかりかりと掻《か》いた。

「ええと、なんだっけ、こういうの」

骨折り損のくたびれ儲《もう》け、だったか。

「無駄骨《むだぼね》を折る、とか、そういうのかな」

「労して功なし、のことか？」

かがんでいる昌浩の隣で、顕現《けんげん》した玄武が怪訝《けげん》そうに眉を寄せている。

「昌浩よ、なんの脈絡《みゃくらく》もないことを唐突《とうとつ》に言い出すのはやめてくれ。我々は真剣《しんけん》に式を探しているのだぞ。最たる原因であるお前が気もそぞろでは、我らがいかに協力しようと無駄足《むだあし》を踏むだけだ」

「………すいませんねぇ」

胸中に渦巻《うずま》く百万語が、喉《のど》までせりあがってくる。それをあえて呑《の》みくだし、昌浩はため息をついた。

どうやら手がかりになりそうなものはなさそうだ。

「じゃあ次は、窮奇《きゅうき》が最初に隠《かく》れてた邸跡《やしきあと》にでも……」

「しっ」

ふいに玄武が口元に指を当てた。昌浩はそれに倣《なら》って黙《だま》り込む。

息をひそめて様子を窺《うかが》っていると、寝殿《しんでん》から対屋につづく渡殿《わたどの》を伝ってくるふたつの影《かげ》が見えた。

昌浩は簀子のさらに奥に引っ込んだ。影の手に手燭の明かりがある。それほど広範囲《こうはんい》を照らすものではないが、闇《やみ》の中で何かが動いている、くらいのことは気づくかもしれない。

ふたり分の足音が、昌浩がひそんでいる簀子の上を通過していく。

隠形した六合が、そっと口を開いた。

《玄武、水鏡《みずかがみ》で上の状況《じょうきょう》を映せるか》

「可能だ」

応じた玄武が両手を軽く広げて目を閉じる。水の波動が集約し、揺《ゆ》らめく鏡面に変化《へんげ》した。

仄《ほの》かに青白い光が放たれる。それを六合が夜色の霊布《れいふ》で覆《おお》い巧妙《こうみょう》に隠す。

昌浩と玄武が鏡面を覗《のぞ》き込むと、手燭を持った女性がふたり、対屋の中で語らっていた。

手燭の灯火《ともしび》で母屋《おもや》を照らしながら、感慨深《かんがいぶか》い表情で空木《うつぎ》はそっと嘆息《たんそく》した。ごく最近までここで生活していた一の姫は、いまでは藤壺《ふじつぼ》の女御として後宮に上がっているのだ。

「……本当に、月日の経《た》つのは、早いものですね」

空木の傍《かたわ》らで彼女と同じように室内を眺《なが》めていた女性が、嬉《うれ》しそうとも寂《さび》しそうともつかない声音《こわね》でつづった。

「我が娘《むすめ》とはいえ、これからはそう気安く見《まみ》えることもかなわない……。望んでいたことだというのに、どうしてこんなに寂しいのでしょう」

「北の方様……」

気遣う空木に、彰子の母倫子《みちこ》はそっと笑って見せた。

「ほんの少し、感慨《かんがい》にふけってしまったわ。あの子、などとはもう呼べませんね。改めなければ」

倫子は腰《こし》を下ろすと、空木にもそうするよう促した。

ふたつの手燭を寄り添《そ》わせるようにして床《ゆか》に置き、倫子と空木は内緒話《ないしょばなし》でもするように声をひそめた。彼女ら以外には誰《だれ》もいないが、その場の雰囲気《ふんいき》が自然に語調を弱くさせる。

「あなたの出立《しゅったつ》は、いつだったかしら……」

問われて、空木ははにかむように少しうつむいた。

「明後日《あさって》でございます」

「ああ、そう、そうだったわ。都を離《はな》れるのは心細さもあるでしょうけれど、どうか達者で」

「そんな、勿体《もったい》のうございます……」

空木は頭を下げて、そのまましばらく顔を上げなかった。

心配した倫子がそっと手をのばそうとすると、彼女の頰《ほお》からぱたりとしずくが一粒《ひとつぶ》落ちた。

「空木……」

北の方の声に、空木ははっと目許《めもと》をぬぐう。

「申し訳ございません。自分でもどうしてだか……」

空木は、彰子が物心ついてすぐに彼女につけられた、女童《めのわらわ》だった。幼い頃《ころ》は遊び相手として。成長してからは、誰よりも近くにいる女房《にょうぼう》として、彰子をずっと見守り仕えてきたのだ。

その彰子が裳着《もぎ》を行って成人し、めでたくも入内した。

彰子にどれほどついていきたかったことか。だが、道長《みちなが》がさだめた選《え》りすぐりの女房たちにくらべて、空木は身分という点でどうしても見劣《みおと》りがしてしまう。

彼女の両親は既に他界しており、充分《じゅうぶん》な後ろ盾《だて》もない。身近な縁者《えんじゃ》は藤原行成の邸で奉公《ほうこう》している叔母《おば》くらいで、ほかには身寄りと呼べるような者もいないのだった。

「なんの後ろ盾もない私を、彰子様の遊び相手としてくださっただけでも充分すぎるほどですのに」

彰子の入内が行われた日の夜、あわただしさの中で、道長は空木を呼び寄せてこう言った。

『伊予守《いよのかみ》の息子《むすこ》がちょうど良い歳の頃なのだが、どうだろう、空木。嫁《とつ》ぎ先として考えては』

思いも寄らない話だったので、面食《めんく》らった空木は即答《そくとう》を避《さ》けた。邸が落ちついてからじっくりと考え、彼女はその話を受けることに決めたのだ。

せっかくの大臣様のお心遣《こころづか》いなのだから。

それに、彰子の入内《じゅだい》に重なって、いい機会でもある。

「これからは伊予国で、よくお仕えさせていただこうと思っております」

ただ、そう心をさだめても、やはり寂しい。この東三条殿は、彼女の人生の大半を見てきた邸なのだから。ここを離れて、まだ見も知らぬ遠い地に赴《おもむ》くことは、楽しみでもあり、喜びでもあり、ほんの少し不安でもあるのだった。

その心を感じ取り、倫子は空木の手を取った。

「案じることは何もありませんよ。この手が、我が愛娘《まなむすめ》をどれほど大切にしてくれていたか、私はよく知っています。あなたは本当にできた女房でした。たとえ誰に対してでも、私は胸を張ってそれを断言できますよ」

「北の方様……」

それきり空木は何も言えなくなった。

倫子の手はあたたかく、幼い頃に川向こうに旅立った母のぬくもりを思い起こさせた。

うつむいて肩《かた》を震《ふる》わせる娘のような女房に、倫子は何度も何度も繰《く》り返す。

「いままで本当にありがとう。どうか、幸せにおなりなさいね……」

水鏡が掻き消える。

昌浩は、しばらく何も言えずにいた。

女房の空木は、昌浩にとっては、やけに厳しい、口うるさい女房で。いつもいつも険しい目で睨《にら》まれていたような記憶《きおく》しかない。

「なるほど。道長も考えたものだ」

感嘆《かんたん》している風情《ふぜい》の玄武に、どういうことだと目で問うと、短い返答が六合からあった。

《入内している姫《ひめ》の素性《すじょう》を隠すための画策だ》

「……？」

胡乱《うろん》な様子の昌浩に、六合のあとを受けた玄武がつづけた。

「空木という女房は、道長と北の方の次に彰子姫に近しい者だったのだろう？　ということは、入内した藤壺の女御《にょうご》が、実は彰子姫ではないと見破ってしまうかもしれない」

「あ……！」

「憂慮《ゆうりょ》すべき材料にはしかるべき対策を、というところだろう。伊予《いよ》は遠い」

遠隔地《えんかくち》に嫁がせることで、不安材料を取り除いたというわけだ。

昌浩は、空木がいるであろう母屋のほうに視線を向けた。

道長の、政《まつりごと》のための画策のひとつ。そのために空木は都を遠く離れた伊予の国にくだる。

だが。

しばらく考えて、昌浩は頭《かぶり》をひとつ振《ふ》った。

「きっと、それだけじゃないよ」

玄武と六合が、訝《いぶか》るように目を向けてくる。

ふたりを顧《かえり》みて、昌浩は笑った。

「ずっと彰子に尽《つ》くしてくれたから、幸せにしてあげたいと考えたんだよ。俺だったらきっと、そう思う」

そして、彰子もきっと、そう考えるに違《ちが》いない。

だますことになってしまった、姉のようでもあった一番近しい女房。彼女がこれからずっと、幸せでいられるように。

「旦那《だんな》様になる相手が、いい人だといいよね。彰子にも、報《しら》せてやらなきゃ」

重さをまったく感じさせない動きで疾走《しっそう》していた物《もの》の怪《け》は、ふと何かに気を取られて足を止めた。

きょろきょろと辺りを見回して、険しい表情を浮《う》かべる。

「……こっちじゃ、なかったか……？」

だが、こっちで合っている気も、する。

ぽてぽてと歩みながら、物の怪は不機嫌《ふきげん》そうに唸《うな》った。

自分は式だ。その自覚はある。だが、どうやら半人前陰陽師《おんみょうじ》の目論見《もくろみ》とは大きくはずれたところに自分の存在はひょっこり生まれてしまったようで。

「別に、さっさとやり直しでも構わないっちゃあ構わないが、何もまっとうしないまま無に帰すのはなぁ、どうかなぁ。昌浩もなぁ、そうそうひょいひょいお気楽にやり直し、というわけにもいかんだろう。式一体作るにしたって、霊力《れいりょく》は消耗《しょうもう》するもんだしなぁ」

物の怪は物の怪なりに、自分を生み出してくれた陰陽師のことを慮《おもんぱか》っているのである。

しかし、何もしないで無に帰したいのが昌浩の心情なので、この物の怪はその辺りの思考がどうも微妙《びみょう》にずれているようだ。

その辺りが、目論見からはずれてしまったことから生じる齟齬《そご》なのかもしれない。

ぱたぱたと尻尾《しっぽ》を振って、物の怪は首をのばし、夜闇《よやみ》をじっと見はるかした。

「ええと、あっちかなぁ？　でもなぁ、昌浩が迎《むか》えに来ないことには、埒《らち》が明かんしなぁ」

自分がさっさと安倍邸《てい》に向かえばいいという思考は、なぜか物の怪には欠片《かけら》もない。この辺りもずれなのだろう。

「昌浩がわかるところ、わかるところ、えーと、あっちだよなぁ」

うんうんとひとりで頷《うなず》き、物の怪はまっすぐ北方に向かって走り出した。

異界に留《とど》まっていた十二神将青龍は、晴明の召喚《しょうかん》を受けて人界に顕現《けんげん》した。

「どうした、晴明よ」

いつものようにいつものごとく、それはそれは不機嫌そうに主《あるじ》を睥睨《へいげい》する青龍である。

晴明の傍《かたわ》らには、彼の同胞《どうほう》たる十二神将たちが幾人《いくにん》も集まっていた。

彼らに視線を向け、青龍はますます眉間《みけん》のしわを深くする。

それに気づかぬそぶりで、晴明は一同をぐるりと見渡《みわた》した。

「青龍、朱雀《すざく》、天一《てんいつ》、勾陣」

四人の背筋がのびる。老練の陰陽師は、閉じた扇《おうぎ》でこめかみを掻《か》いた。

「ちと、面白《おもしろ》い……訂正《ていせい》、厄介《やっかい》な事態になった。お前たち、すまんが紅蓮を……いや、紅蓮が変化《へんげ》した異形を探してきてくれんか」

紅蓮、の名前が出た途端《とたん》、青龍が不機嫌三割増の目付きに変わる。

晴明の言葉が終わるか終わらないかのうちに、青龍は短く吐《は》き捨てた。

「断る」

4

やっぱりなぁと心中で呟《つぶや》いて、晴明は困った様子で低く唸った。

「即答《そくとう》されると、少々傷つくのぅ」

傷心を演じてみせる主の言葉をきれいに流し、青龍は身を翻《ひるがえ》した。

「用はそんなくだらないことか。ならば俺は異界に戻《もど》るぞ」

「あ、こらこら、待たんかい」

青龍は無言で主を肩越《かたご》しに見返す。見返す、というより、睨み返す。

わしは確か十二神将たちの主だったはずなんだがのぅ、と胸の中で呟きながら、晴明は嘆息《たんそく》した。

「いいか宵藍《しょうらん》。紅蓮の姿をした異形……、いや違う、異形の姿をしたときの紅蓮のなりを模した式が、行方《ゆくえ》をくらませてしまった。それを探してほしいのだ。別に、よりによってお前に紅蓮を捜《さが》せとは言っとりゃせん」

端々《はしばし》がいちいち引っかかる。青龍はますます剣呑《けんのん》な顔になった。

それをとりなすようにして、朱雀が割って入る。

「なぁ青龍、ほかならぬ晴明の頼《たの》みだぞ。きいてやるのが俺たちの役目だ、違うか」

「私もそう思うわ、青龍。それに、この事態を放っておくと、いらない混乱が生じて、晴明様御自身《ごじしん》が動き出さなければならなくなるかもしれないし……」

心配そうな天一に頷いて、朱雀はほかの誰《だれ》にも向けない特上の笑顔《えがお》を彼女に向けた。

「そうとも、俺の天貴《てんき》の言うとおりだ。ああ天貴、そんな不安げな表情はお前の美しさを曇《くも》らせる。何も案じることはない、俺に任せろ。何、騰蛇のひとりやふたり、抗《あらが》おうものなら炎《ほのお》の一発もお見舞《みま》いして仕留めてやる。ただの式だというからまかり間違《まちが》ってうっかり丸焼けでも問題ないだろう。なに、造作もないさ」

全開の笑顔で天一を見つめながら、かなり物騒《ぶっそう》なことを爽《さわ》やかに並べる朱雀である。

勾陣は無言で腕組《うでぐ》みをしながら、ちらりと屋根裏を一瞥《いちべつ》した。

ちなみにとうの紅蓮はというと、まさに晴明の部屋の真上で全部聞いているはずだ。渋《しぶ》い顔を想像し、勾陣は口の中で何やら呟いて、軽く肩《かた》をすくめた。

「……そういえば晴明、白虎《びゃっこ》と太陰《たいいん》は呼ばなくていいのか？」

捜索《そうさく》するなら人数が多いほうが有利だ。風将のふたりだったら俊敏《しゅんびん》に動けるはず。

勾陣が顧みると、晴明は難しい顔をして低く唸った。

「一応、召喚することは、したのだがな……」

◆　◆　◆

軽《かろ》やかな風をまとってふわりと降り立った太陰は、後ろ手を組みながら首を傾《かたむ》けた。

「何？」

その傍らに、たくましい体軀《たいく》の白虎が顕現する。

特に大事もなく、異界でのんびりと過ごしていたところに主の召喚があった。

「どうした晴明」

晴明の周囲には複数の神将たちが控《ひか》えている。何か差し迫《せま》った事態がなければ青龍や玄武、六合で事足りるはずなのだ。彼らだけでは手に余る緊急《きんきゅう》の事態が起こったのか。

端座《たんざ》した老人は頷いた。

「うむ、実はな。困ったことになった。紅蓮を……」

この時点で、太陰の肩が跳《は》ねた。

晴明は気づかずに言いなおす。

「ではなかった、紅蓮の変化したあの白い異形を、ちと探してくれんかの」

太陰は、瞬《まばた》きひとつせずに晴明を見つめ、漸《ようよ》う口を開いた。

「……騰蛇？」

「うん。紅蓮がいつも……」

晴明の言葉をさえぎって、彼女は目を剝《む》く。

「あの螣蛇よね。その螣蛇を捜す？　誰が？」

「お前と白虎のふたりで……」

白虎は少々困惑《こんわく》した風情《ふぜい》で、主と同胞《どうほう》のやり取りを見守っている。

太陰がさっと青ざめた。

「は？　ええっ、わたしがっ⁉　嫌《いや》よ嫌よ嫌よ嫌よ嫌よっ、絶対に嫌────っ‼」

一息にまくし立て、太陰はその場から脱兎《だっと》のごとく逃《に》げ出そうとした。

そのか細い肩を、白虎の大きな手ががっしと摑《つか》んだ。

「こら太陰、ちょっと待て。いくらなんでも、理由も聞かずに螣蛇がかかわっているからというだけの理由で突《つ》っぱねるというのは、聞き捨てがならんぞ。そこに座れ。いや、ここでは落ちついて話もできんか、戻るぞ太陰」

そして白虎は、逃げ出さないように太陰を肩に担《かつ》ぎ、そのままくるりと背を向けて隠形《おんぎょう》した。

「あ………」

残された晴明は、止めようとのばした手をあてもなく彷徨《さまよ》わせ、仕方がないと言わんばかりの様子でため息をついた。

◆　◆　◆

「……と、まぁ、ただいま異界で白虎の説教真っ最中でな」

「……なるほど」

諒解《りょうかい》した勾陣は頷《うなず》いて、その話題を納めることにした。いま頃《ごろ》異界では、白虎と太陰が膝《ひざ》をつき合わせているに違《ちが》いない。

勾陣は再びちらりと屋根裏を見やった。紅蓮の渋面《じゅうめん》がさらに険しくなっているであろうと、容易に想像がつく。

だから異界に戻っていればいいのにと、胸中で呟く勾陣である。

手を打つ音が響《ひび》いて、全員の目が晴明に向けられた。

「とにかく、今晩中に決着をつけたい。これは命令だ」

青龍の眉《まゆ》が撥ね上がる。射るような眼光を向けられても、しかし晴明はまったく動じずけろりとしたものだ。こんなものは慣れだ、慣れ。

「朱雀と天一は広沢池《ひろさわのいけ》のほうを頼む。青龍は貴船《きふね》へ」

「貴船、だと」

冷え冷えと返されて、晴明はそうだと頷いた。

青龍は忌々《いまいま》しげに舌打ちしたが、命令とあらば仕方がない。身を翻してふっと姿を消した。

朱雀と天一も、晴明に一礼して行動を開始する。

残された勾陣は、静かに指示を待った。

「それで、勾陣」

「ああ」

「お前はな――」


東三条殿を出た昌浩は、星の位置から現在の時刻を計算して頭を抱《かか》えた。

「うー、結構時間食っちゃったよ。仕方ない、二手に分かれよう」

指笛を吹《ふ》いて少し待つと、どこからともなく輪の音が響いてくる。

車之輔《くるまのすけ》が到着《とうちゃく》するのを待って、昌浩は六合と玄武に向き直った。

「俺は巨椋池のほうを探してみる。六合と玄武は……」

「俺は騰蛇にお前のことを頼まれている」

六合が静かに言葉を挟《はさ》む。それを受けた玄武がついと北方を指差した。

「では、我は貴船へ向かおう」

「うん、頼む」

車之輔に飛び乗った昌浩に頷いて、玄武は彼らと別れ、一路貴船山を目指した。

冬の貴船に訪《おとず》れる者はほとんどいない。

まだ雪は降っていないが、その分風の冷たさが肌《はだ》に突き刺《さ》さるようだ。

「と、人間だったら感じるのだろうな」

神足で駆《か》けてきた玄武は、息ひとつ乱さず貴船の山中に到着した。

昌浩とともにいるときは彼の足に合わせなければならない。人間の速度は、どれほど頑張《がんば》ってもたかが知れている。昌浩が車之輔を召喚《しょうかん》したのは賢明《けんめい》な判断だ。

「何せ巨椋池まで相当の距離《きょり》があるからな」

窮奇との最終決戦の折にも、昌浩はあの妖車《あやかしぐるま》を呼んで運んでもらったのである。

「あれは、妖《あやかし》相はかなりいかつく恐《おそ》ろしげだが、なかなかどうして人懐《ひとなつ》こく心根の優《やさ》しい異形だ。昌浩は妙《みょう》に引きがよいというか当たりがよいというか」

そういう部分が、晴明をして「あれがこの安倍晴明の唯一《ゆいいっ》無二の後継《こうけい》だ」と言わしめるのかもしれない。

都に棲《す》まう雑鬼たちがあれほどいいように好き勝手をしているというのに、本気で怒《いか》りながら決して調伏《ちょうぶく》しないところが昌浩らしさなのだろう。

好ましい性情だ。

うんうんとひとりで頷いていた玄武は、目をしばたたかせて顔を上げた。

物の怪《もののけ》を探さなければ。

本当にここにいるのかどうかはわからない。だが、いないのならばいないという確証を持ち帰る必要がある。

見てくれは騰蛇の変化《へんげ》した姿だから、しばらくの間はそれで誤魔化《ごまか》せるだろう。しかし、その実がただの料紙と髪《かみ》だと知れたら、大変なことになる。それだけは絶対に避《さ》けなければ。

「騰蛇の通力を、たとえ数万分の一でも得た妖怪《ようかい》変化など、考えたくもない」

同胞《どうほう》たる玄武ですら、騰蛇の力は本能で恐怖《きょうふ》を感じる代物《しろもの》だ。

昌浩と物の怪が以前たどった道を、注意深く進んでいた玄武は、ふと同胞の気配を感じて息を吞《の》んだ。

「これは……」

闘将《とうしょう》の通力だ。

玄武は駆け出した。本宮《ほんみや》とは別の方角だ。そこに。

「青龍と……、式、か？」

ふたつの神気が存在している。片方はごくごく僅《わず》かな力の波動。それに対してもう一方は、騰蛇ほどではないにしろ苛烈《かれつ》な神気。

貴船山中腹の、少し開けた場所に出た。目を凝《こ》らすと、全身から闘気の立ち昇《のぼ》る青龍が、一点を凝視《ぎょうし》している。

その視線を追った玄武は、あっと小さく声を上げた。

「式……！」

大きな丸い瞳《ひとみ》が、驚《おどろ》いた様子で青龍に据《す》えられている。対峙《たいじ》する青龍はというと、いやに激しい通力を放っている。

玄武は思わず足を止めた。なんとなく、近寄りがたいというか。できることなら回れ右をして背を向け、そのまま見なかったことにしてしまいたいというか。

「いかんいかん」

玄武はぶんぶん首を振《ふ》った。埒《らち》もない。大方、晴明が青龍にも式探索《たんさく》を命じたのに違いない。でなければ青龍がわざわざこんなところに足を運ぶ道理がないのだ。

「おい、せ……」

声をかけようとして、玄武はそのまま目を剝《む》いた。

しばらく物の怪を凝視していた青龍、やおら腕《うで》を振り上げる。

「剛砕破《ごうさいは》!」

怒号《どごう》もろとも放たれたのは、闘将青龍渾身《こんしん》の一撃《いちげき》だ。大岩のひとつも木《こ》っ端微塵《ぱみじん》に打ち砕《くだ》く。

手をのばしかけた体勢のまま硬直《こうちょく》する玄武の眼前で、物の怪は必死の体《てい》で攻撃《こうげき》をかいくぐり、青龍をぎっと睨《にら》んだ。

「いきなり何しやがる!」

しかし、青龍は心底悔《くや》しげに歯嚙《はが》みして、再び通力の塊《かたまり》を繰《く》り出す。

土砂《どしゃ》が舞《ま》い、砂埃《すなぼこり》がもうもうと立った。一気に悪くなった視界を、物の怪は必死に逃げ惑《まど》う。

「どわっ! おい神将! 俺にいったいなんの恨《うら》みがっ!?」

「貴様に恨みなどないが、その形《なり》が気に食わん。それだけの話だ！　動くな！」

物の怪と玄武が茫然《ぼうぜん》とする間にも、青龍は容赦《ようしゃ》なく攻撃を仕掛《しか》ける。

「ふっ、ふざけるなっ！　おわっ！　くそ、こうなったら……」

甲高《かんだか》い怒号が轟《とどろ》いた。物の怪の全身から、緋色《ひいろ》の闘気《とうき》が迸《ほとばし》る。

さしもの青龍も一瞬《いっしゅん》手をとめた。その隙《すき》に、物の怪は脱兎《だっと》のごとく逃《に》げていく。

「あ……」

真横を素通《すどお》りされた玄武は、のろのろと物の怪の姿を見送り、それから恐る恐る青龍に視線を戻《もど》した。

見事に捕獲《ほかく》失敗した青龍は、これ以上ないほど悔しそうな顔をして、低く唸《うな》っている。

「くそ……っ、滅多《めった》にない好機だったというのに……！」

玄武は青龍の背を眺《なが》めながら、声に出さずに呟《つぶや》いた。

待て青龍、あれは騰蛇の変化している物の怪の姿をしたただの式だ、騰蛇本人ではないぞ。

「いや…、そもそも同胞《どうほう》に対するその明瞭《めいりょう》な敵意というか、隔意《かくい》というか、戦意というかは、あらぬ誤解を招くからほどほどにするべきではないかと、僭越《せんえつ》ながら我は考えるのだが……」

はっきり『殺意』と認めたくない玄武は、様々な語彙《ごい》にそれを変換《へんかん》して自分自身を誤魔化すことに努めた。

このあと青龍と玄武は、突然《とつぜん》の来訪者に静寂《せいじゃく》を乱されてすこぶる機嫌《きげん》の悪くなった貴船の祭神高龗神《たかおかみのかみ》に、怒り心頭《しんとう》、迫力《はくりょく》満点の神気をもって、無言で威圧《いあつ》されることとなる。

車之輔に乗って巨椋池にやってきた昌浩と六合は、ひとまず下車して周辺に物の怪がいないかどうか確認《かくにん》した。

「やっぱりいないなぁ……」

北方を眺めやって、昌浩は半眼になる。

「貴船はどうだろう、見つかったかな？」

顕現《けんげん》している六合が、池のほとりに立って水面に視線を落とす。

「何かあれば、玄武が水を介《かい》して報《しら》せてくるはずだ」

「そっか、水将だもんね」

無言で頷《うなず》き、六合は辺りを見渡《みわた》した。

先日の死闘《しとう》の名残《なごり》は、もはや見られない。若干《じゃっかん》水かさが減っている程度だ。

あれほど大量に折り重なっていたはずの異邦《いほう》の妖異《ようい》の骸《むくろ》は、結局どうなったのだろう。

ふとそのことに思い当たり、六合は眉根《まゆね》を寄せた。唐突《とうとつ》に甦《よみがえ》るものがある。

東山の山中に出没《しゅつぼつ》した魔狼《まろう》の群れ。空腹を抱えて餌《えさ》を求めていたにしては、やけに退却《たいきゃく》が早かった。

「まさか……」

自分の予測がはずれていることを願いつつ、六合は長布を翻《ひるがえ》した。帰ったら、晴明に報せておこう。念のため。

枯《か》れてすっかり変色した草をわしわしと踏《ふ》みながら辺り一帯を探していた昌浩は、深々ため息をついた。

「どこ行っちゃったんだろう……」

ほかに、物の怪が行きそうな場所など、昌浩には考えつかない。

「もっくんと一緒《いっしょ》に行ったところ、一緒に行ったところ……」

安倍邸《てい》で待っているはずの紅蓮だったら、もしかしたらほかの場所を知っているかもしれない。

「車之輔、巨椋池をとりあえずぐるっと一周してくれる？　それでももっくんが見つからなかったら、安倍の邸《やしき》まで乗せてもらいたい」

気のいい妖車は、轅《ながえ》をぎしぎしときしませて、二つ返事とばかりに目尻《めじり》を下げた。

自分の背より直径のある輪を軽く叩《たた》いて、昌浩は目許《めもと》をなごませた。

「ありがとう。いつも悪いね」

昌浩の背後に控《ひか》えていた六合は、無表情のまま目をしばたたかせた。それから、かすかにやわらかい眼差《まなざ》しになる。

昌浩の言葉を受けて車之輔は、人間には決して聞こえない声でこう返した。

《なんのなんの。やつがれ風情《ふぜい》がお役に立てるのでしたら、いくらでも》

星が出ている。

「あー、実に晴れ渡《わた》ったいい夜空じゃないか。なぁ、晴明よ」

軒端《のきば》に一番近い簀子《すのこ》に出た晴明は、苦笑《くしょう》混じりに返した。なんとまぁ投げやりな口調だ。

「そうだな」

「お前の孫は、いったいいつ帰ってくるんだろうなぁ、晴明よ」

「さて。式が見つかったらだろう」

「じゃあ、その式はいったいいつ見つかるんだ、晴明よ」

「さぁなぁ。これぱっかりはわしにもわからん。一応ある程度の目星はつけて、宵藍や朱雀や勾陣たちに出向いてもらっておるが」

ここで、屋根上の紅蓮は、実に嫌《いや》そうな顔をした。

「……あの青龍が出向いたのか…？」

「そんな嫌そうな声を出すものではないぞ」

「それを聞いて無性《むしょう》に嫌な気分になったんだ、仕方ないだろう」

「またそういうことを……。お前たちは本当に、どうしてそう……」

ふいに、屋根の上に神気が降り立った。

「む？」

様子を窺《うかが》って晴明が首をのばすが、当然見えはしない。


降り立った勾陣は、紅蓮の前に白いものをぼとりと落とした。

「…………」

紅蓮はまじまじとそれを見下ろす。

物《もの》の怪《け》は不機嫌《ふきげん》そうに勾陣を斜《はす》に見上げ、剣呑《けんのん》な顔をした。

「どうでもいいが、放《ほう》り出すのはやめろ、放り出すのは。怪我《けが》でもしたらどうしてくれる」

勾陣は軽く肩《かた》をすくめて苦笑する。

「式が怪我をするというのは、聞いたことのない事態だな」

「じゃあ俺様が史上初、怪我をする式になってやろうじゃないか。て、そんなことを言いたいわけじゃないっ。いいか神将、ちょっとそこに座れ、性根《しょうね》を叩き直してわっ、何をするっ！」

だんだんいたたまれなくなった風情の紅蓮が、物の怪を摑《つか》んで口を閉じさせる。

じたばた足搔《あが》いている物の怪を造作もなく押さえ込みながら、紅蓮は勾陣を見上げた。

「これ、どこにいた？」

紅蓮の手の中で、物の怪がふごふごと何かを訴《うった》える。大方「これ言うな」とでもいきり立っているのだろう。

黙殺《もくさつ》。

勾陣は首を傾《かたむ》けた。

「ああ、晴明の占《せん》で出た場所だ」

「どこだ？」

勾陣は彼方《かなた》を見やった。


晴明に指示された場所に到着《とうちゃく》した勾陣は、周囲をゆっくりと見渡した。

式がめぐっているのは、昌浩と物の怪がともに訪《おとず》れた場所。

東三条殿。貴船山。巨椋池。

ほかにも、幾《いく》つもの地に彼らは足を運んだのだ。

だが、そのいずれでも式を捕《と》らえることはかなわず。昌浩自身が思い当たる場所はひとつもなくなってしまった。

しばらくして、彼女はついと視線を上に滑《すべ》らせた。

同時に、白い異形が、ぽとりと落ちてきた。

気づいた彼女が目を向けると、痛そうにしていた物の怪は、不機嫌そうに言ったのだ。

「見せもんじゃねえぞ」

目をすがめて言い放った物の怪を見下ろし、勾陣は苦笑を浮《う》かべて、その白い首根っこを摑んだ。


「都はずれの、大きな柏《かしわ》の木の下だ」

紅蓮は、虚《きょ》を衝《つ》かれた様子で軽く目を瞠《みは》った。

それまでじたばた足掻いていた物の怪が、ようやく観念したのかおとなしくなる。

それを面白《おもしろ》そうに見下ろして、彼女は身を翻した。

「晴明の命令は遂行《すいこう》した。私は異界に戻《もど》るよ」

「………ああ」

勾陣の姿と、次いで神気が掻《か》き消える。

紅蓮は大きく息を吐《は》き出した。

なるほど、東三条殿でも貴船でも巨椋池でもなく、あの柏の木の下か。

もう随分《ずいぶん》前のように感じていたが、実際はまだ一年も経過していない。それなのに、恐《おそ》ろしいほど膨大《ぼうだい》な時間を過ごしてきたような錯覚《さっかく》に陥《おちい》る。

昌浩とともにいると、常に波瀾万丈《はらんばんじょう》だ。

紅蓮は小さく笑って、立ち上がった。

「おい、晴明」

安倍邸前に到着した車之輔から降りた昌浩は、夜闇《よやみ》に相応《ふさわ》しくないはばたきを聞きとめて反射的に顔を上げた。

夜だというのに白い鳥が、まっすぐ自分めがけて飛んでくる。

この時点で昌浩の眉間《みけん》にしわが一本刻まれる。

見ているうちに、鳥は白い紙片《しへん》に姿を変えた。

眉間のしわが倍になる。

ひらひらと舞《ま》い落ちてきた紙片を摑み取り、そこにしたためられた文字を確認《かくにん》する。いつもながら、達筆すぎるほど達筆な文字が並んでいた。

眉間のしわに加えて据《す》わった目の昌浩は、口をへの字に曲げてそれを黙読《もくどく》する。

曰《いわ》く。

『しゃにむに駆《か》け回ってとにかく足を使うのは、悪いことではないかもしれん。だがしかし、だがだがしかし、場合によっては臨機応変がもっとも望ましい。そもそも昌浩よ、お前、陰陽《おんみよう》師《じ》の基本に立ち返ろうとは思わんかったのか』

「ほうほう、それで？」
発される声音《こわね》は既《すで》に地を這《は》っている。隠形《おんぎょう》しながらそれを見守っていた六合は、傍《かたわ》らに舞い戻った玄武に目をやり、怪訝《けげん》そうにした。

《玄武、どうした。顔色があまり》
《……………青龍と螣蛇の、確執《かくしつ》の深さを垣間見《かいまみ》た、気が、する……》
《──そうか》
寡黙《かもく》で無表情が常の賢明《けんめい》な六合は、それ以上の言及《げんきゅう》をあえて避《さ》けた。
彼らの前で昌浩は、料紙を握《にぎ》り締《し》めている。
『星見も式占《ちょくせん》もきれいに抜《ぬ》け落ちる猪突猛進《ちょとつもうしん》のお前に、今夜のじい様はひとつ、この言葉を贈《おく》ろう。──重要なのはまず起点。ばーい、晴明』
「──────は？」
我知らず不審《ふしん》な唸《うな》りが口から漏《も》れる。
昌浩は力いっぱい胡乱《うろん》げな顔をして、釈然《しゃくぜん》としない様子で首を傾《かし》げた。
「はぁ？」

「お、帰った帰った。おーい、昌浩ー」

訝《いぶか》っている昌浩の許《もと》に、ようやく物の怪姿になり変わって一息ついた紅蓮が、長い尻尾《しっぽ》を揺《ゆ》らしながら、ゆっくりゆっくり歩み寄って行った。

少年陰陽師

なんてことなくありふれた日常

都に棲《す》まう雑鬼《ざっき》たちには、ちょっとした秘密がある。

◇　◇　◇

いつものようにわらわらと集まってきゃいきゃい遊んでいた一同は、一息つくために無人の邸《やしき》に集まった。

ここは正月に彰子が過ごした邸だ。

あのときに大掃除《おおそうじ》をしたおかげで、全体的に汚《よご》れていた建物は大層綺麗《きれい》になった。だが、だいぶ日数が過ぎたため、部屋のすみにうっすらと埃《ほこり》が積もりはじめていた。

「綺麗なほうが気持ちがいいよなぁ」

室内をぐるりと見渡《みわた》していた猿鬼《えんき》が、立ち上がって言った。

「よし。これからは、定期的に当番を決めて掃除しよう」

思い思いに寝《ね》そべっていた雑鬼たちが、目を丸くして猿鬼を眺《なが》める。

「いままでずっとなんにもしなかったのに、どうしたんだよ、さるの」

不思議そうに口を開いたのは、見た目が節足動物によく似ていて、仲間たちからは蚰丸《ゆうまる》と呼ばれている妖《あやかし》だ。

猿鬼や一《ひと》つ鬼《き》、竜鬼《たつき》の名前は、彰子からもらったものだ。仲間内でずっとそう呼んでいたものを、どうしてかあの少女は無意識に口にしたのだった。

人間の声には言霊《ことだま》が宿る。雑鬼たちはそれを知っている。

彼らは人間たちよりもずっと、人間たちのことを見ているからだ。

ひとの言霊を受けた名前は、大切にしなければならない。だから雑鬼たちは、彼らの呼び名をささやかに変えた。

そんな雑鬼たちの気遣《きづか》いを人間は知らない。人間たちは、彼らに名前があるなど考えもつかないのだろう。

けれども、猿鬼たちと同じように、人間が雑鬼と一括《ひとくく》りにしている彼らにだって、ちゃんと固有名詞があるのだ。

猿鬼や一つ鬼、竜鬼の名を呼んでくれた少女は、雑鬼たちを差別しない。妖だからと嫌《きら》わないし恐《おそ》れない。ひとに向けるのと同じ眼差《まなざ》しを雑鬼たちにも向けてくれて、だから彼らはあの少女が大好きだ。

「お姫《ひめ》がまた来ることがあるかもしれないだろ？　そのときに、俺らがいるのに荒《あ》れ放題じゃ、ちょっと格好《かっこう》悪いと思わねぇか？」

確かになぁと頷《うなず》いて、一つ鬼が周りをぐるりと見回した。

「うーん、そっか、そうだよなぁ……」

無人の邸はすぐに荒れるのだという。正確には無人ではないが、妖は空気にも似た存在だから、棲んでいてもひとのようにはいかないだろう。

「埃で足跡《あしあと》作るのも面白《おもしろ》いけど、何もないほうが確かに気分がいいなぁ」

いつもはわざと足跡を残すようにぺたぺたと床《ゆか》を歩く竜鬼も、埃のない綺麗な床はまんざらでもない様子だった。ざらざらした床より、さらっとした床のほうが気分がよかったことを思い出す。

「でもさぁ。あのときはみんなでやったから一日で終わったけど、そうじゃないと妖手《ひとで》が足りなくて、何日もかかるんじゃないか？」

「だったらいっそ、当番にするんじゃなくて、月に一回みんなで集まって掃除すればいいと思うなぁ」

口々に言ったのは、大きな二匹《ひき》の蛙《かえる》だ。彼らは熊蛙《くまがえる》、寅蛙《とらがえる》というのだが、そう呼ぶものはほとんどいない。

「おっ、熊がいいこと言ったぞ」

はやし立てたのは二本角の猿《さる》に似た妖。猿鬼とは角の数と頭毛がないところで見分ける。こちらは、ましらの、と呼ばれる。

「寅もいいこと言った。そうしようそうしよう」

顔いっぱいの大きな口にずらりと並んだ牙《きば》をがちがちと鳴らして大牙《おおきば》が笑うと、瞳《ひとみ》のない黒い目をきょろりとさせた魑鳥《ちどり》が翼《つばさ》を叩《たた》いた。

「じゃあみんなを呼びましょう」

ぱたぱた駆《か》けていった魑鳥が翼で器用に妻戸《つまど》を開けると、どこからともなく楽の音《ね》が聞こえてきた。これは笙《しょう》の音色だ。

一同は耳をそばだてた。

「おやぁ？」

よくよく気をつければ、笙の音に合わせて何やら音がする。彼らのいる部屋の真上から。

しばらく首を傾《かし》げていた闇鼬《やみいたち》が、あっと尻尾を振《ふ》った。

「舞方《まいかた》だ」

「あっ、そうか」

雑鬼たちは嬉々《きき》として部屋を飛び出し屋根に駆け登った。

たん、たたん、と、屋根を踏《ふ》みながら、笙の音に合わせて掲《かか》げられた鎌《かま》が、ぴたりと動きを止めた。

「うん？　どうしたんじゃ、舞方よ。おい笙の、ちと待てい」

鏡のふちから枯《か》れ木のような手足がにょっきり生えた付喪《つくも》のおんじは、先ほどまで見事な舞《ま》いを披露《ひろう》していた蟷螂《とうろう》に尋《たず》ねた。

「付喪の笙の音がつまずいた様子もないぞ。舞方、何か気に入らんかったか？」

ひとの背丈《せたけ》ほどもある蟷螂は、雑鬼たちの中でもっとも大きな部類に入る。

「きしゃ」

この蟷螂はほかの雑鬼たちと違《ちが》って言葉を話せないのだが、きしゃきしゃという鳴き声の中に意思が読めるので、取り立てて不便さはない。

両前足の鎌を振って、蟷螂の舞方は天を仰《あお》ぐ。日暮れた空は藍色《あいいろ》の絵の具に染め上げられて、ここまで暗ければ蟷螂の天敵である大百舌《おおもず》もさすがに襲撃《しゅうげき》してくることはないだろう。

舞方のためにずっと音色を供していた楽妖《がくよう》、付喪の笙が、おんじと同様にょっきり生えた足でとことこと蟷螂の許《もと》に移動した。

「どうされました舞方殿《どの》。この笙の音が気に入りませなんだか」

「きしゃ、きしゃきしゃきしゃ、きしゃしゃしゃ、きしゃきしゃしゃ」

訳。いや、そうではなく。この鎌の角度がいささか甘かったように思うので、申し訳ないがまた一小節からお願いしたい。

付喪の笙はほっとしたように息をついた。

「左様でございますか。それならば私も、舞方殿のこだわりに見合う音色を出せるよう、さらに修練を積まねばなりますまい」

「きしゃ。きしゃしゃ、きしゃきしゃ」

訳。かたじけない。では、いま一度、音を。

「承《うけたまわ》りました」

一礼して定位置につき、笙は再び音色を響《ひび》かせはじめる。

付喪のおんじは、枯れ木のような手で鏡のふちをかりかりと掻《か》いた。

「……なるほど。舞方は己《おの》れに厳しいのぅ」

舞方は笙の音に合わせて、再び優雅《ゆうが》に舞いはじめた。

いま音色を響かせている笙は、つい先日付喪神に進化を遂《と》げた古い楽器だ。早く雑鬼たちの中にとけこもうと日々努力している。

舞方のために音を供しようと申し出たのは、新入りである自分をあたたかく迎《むか》えてくれたこの化け蟷螂への感謝の表れであった。

器物にとって付喪神への変化《へんげ》は進化なのだが、人間にとっては脅威《きょうい》らしい。

「特に危害を加えたりはせんのだがなぁ」

時々、動き出して驚《おどろ》かせたり。闇《やみ》の中で駆け回って脅《おび》えさせたり。ぎょっとして震《ふる》え上がる人間を、適度な距離《きょり》を取りながら追いかけ回してみたり。蔵《くら》の中でどんちゃん騒《さわ》ぎをして人間たちを迷惑《めいわく》がらせてみたり。

「するくらいで、無害なもんなんだがのぅ」

普段《ふだん》彼らが潰《つぶ》して遊ぶ人間の少年が聞いたら、異議あり、と勢い込んで物申しそうなことをつらつらと並べているおんじの後ろに、わらわらと仲間たちが集ってきた。

「おっ、やってるやってる」

舞方と笙の邪魔《じゃま》をしないよう、おんじの後ろに収まった一同に、付喪の鏡は一瞥《いちべつ》をくれる。

「なんじゃ、お前たちいつの間にか雅を解するようになっていたのか」

それは結構なことだ。おんじが人間たちの風雅《ふうが》な遊びや芸能を鏡面に映してやっても、つまらないと言ってすぐに逃《に》げ出す連中が、蟷螂の舞踊《ぶよう》に興味を示すとは。

「よきかなよきかな」

感じ入ってしきりに頷くおんじに、熊蛙と寅蛙が同時に前足を振った。

「違う違う」

蛙たちの異口同音があっさり否定したので、おんじはかすかによろけた。

「なに」

「舞方の舞が完成すれば、お姫のところに行く口実になるんです」

魍鳥のあとを大牙がつづけた。

「理由がないと、晴明や孫がこーんな感じで目を吊《つ》り上げるからなぁ」

大牙自身には目がないので、代わりに口の端《はし》を吊り上げて見せる。

「違いない。怒《おこ》ると奴《やつ》らはほんとうにおっかないもんな」

愉快《ゆかい》そうに笑ってしきりに尻尾《しっぽ》を振る闇鼬の後ろで、ましらのがふと顔をあげた。

「あれ」

「ん？」

全員が一斉《いっせい》に顔をあげる。

星の瞬《またた》く空に、衣《ころも》と髪《かみ》をひるがえした少女が浮《う》いていた。

「あー」

二匹の蛙が同時に指をさし、一つ鬼と竜鬼が声を上げた。

「ちっこい式神《しきがみ》」

ちっこい式神と呼ばれた当人は気分を害した様子で眉根《まゆね》を撥《は》ね上げた。

「誰《だれ》がちっこいですってっ!?」

「太陰《たいいん》のことだろう。雑鬼たちは事実を正確に述べている」

「だったら玄武だってちっこいじゃないっ！」

「我は別に否定せん」

雑鬼《ざつき》たちは目をしばたたかせた。

闇にとけていて気づかなかったが、風将の近くにはもうひとり式神がいるようだ。

式神ふたりの出現に驚いた舞方と笙は稽古《けいこ》を中断させ、怪訝《けげん》そうな様子で空を仰いでいる。

風がひときわ強く吹《ふ》いた。小柄《こがら》な一つ鬼があおられてよろめく。ころころと屋根から転がり落ちそうになった一つ鬼を、それまで軒下《のきした》にひそんでいた影《かげ》がはしっと受けとめた。

「あ、とっつぁん」

「そんなところにいたのか」

「いつの間に引っ越《こ》してきてたんだ？」

口々に声を上げる同胞《どうほう》たちに答える前に、細蟹《ささがに》のとっつぁんは屋根上にさかさかと登ると、八つある足の一の対から一つ鬼を下ろしてやった。

「ありがとな、とっつぁん」

「危ないことやってんじゃねぇぞ、ちびすけどもよぅ」

毛むくじゃらの足で胴《どう》の辺りをかりかりと掻きながら、細蟹は呆《あき》れた顔だ。

「俺っちがいたからよかったものの、あのまま落っこちてたらいっくら妖《あやかし》だって痛いじゃねぇかばかやろう」

細蟹は口は悪いが気風のいい奴で、東国から都に旅してきた流れものだ。場所を変えては巣を張っている。

「っとにてめぇらは、そそっかしいったらありゃしねぇ。俺っちの網《あみ》にかかったらうっかり食っちまうかもしれねぇって言ってんだろが。気ぃつけろよ、ちびすけども」

ぶっきらぼうに言い放つ細蟹に、一つ鬼は竜鬼と顔を見合わせて笑った。

「何がおかしいってんだ」

いささかご立腹の細蟹に、同じように笑っていた魍鳥と百目《ひゃくめ》が言い返す。

「だって親仁《おやじ》さんは、私やみんなが誤って巣にかかっても、説教をくれながらちゃんと放してくれるじゃありませんか」

「それに、糸がほしいって頼《たの》むと、なんだと、俺っちの糸を何に使うってんだちびすけども、

仁だ。

て言いながら、ちゃんと出してくれるじゃん」

「とっつぁんの糸は丈夫《じょうぶ》でよくのびるから、すごく役に立つんだよ」

熊蛙と寅蛙の異口同音に、みんなが一斉に頷《うなず》く。

ぶっきらぼうな語調は東国のものなのだろうが、性格はあったかくて気心の優《やさ》しい頼《たよ》れる親仁だ。

「なにくだらないことぬかしてやがる」

ふんとあさってを向く天邪鬼《あまのじゃく》だが、そう言いながらその場から離《はな》れない。

一連を見下ろしていた太陰と玄武は、しみじみと息をついた。

「雑鬼たちって、すっごく個性的よね」

「うむ。我も同意だ」

彼ら十二神将は、晴明の式としてこの地に顕現《けんげん》することが増えてから、いままで気にも留めなかった脆弱《ぜいじゃく》な妖たちの生き様を目《ま》の当たりにするようになった。

邸《やしき》に気軽に入り込んできゃっきゃと遊ぶ雑鬼たちを眺《なが》めながら、若き日の晴明は言った。

――人々は、一括《ひとくく》りに雑鬼と呼ぶあれらにも、それぞれにちゃんと名があって考え方も生き方も違うということを知らない。自分たちとまったく変わらない命なのだと、考えることもないのだよ

政《まつりごと》の道具にされて生きるより、ああいう妖たちの生活のほうが、よほど自由に見える、と。

強大な霊力《れいりょく》を持っているがゆえに、陰陽師《おんみょうじ》として大貴族にいいように手駒《てごま》にされることを嫌《きら》

っていた晴明は、苦く笑っていたものだった。

「若い頃《ころ》は晴明も結構熱かったわよね」

「かなり無謀《むぼう》で無鉄砲《むてっぽう》でもあったな」

当時のことを思い出し、つい感慨《かんがい》にふける太陰と玄武である。

「ところでちっこい式神たち、何しに来たんだ？」

猿鬼の問いに、太陰が牙《きば》を剝《む》いた。

「もう一度ちっこいって言ったら竜巻《たつまき》で叩《たた》き潰すわよっ！」

ぶわりと風が巻き起こる。雑鬼たちが小さく悲鳴を上げてひとところに固まった。

さらに言い募《つの》ろうした太陰の前に、闇夜《やみよ》にも眩《まぶ》しい金色の糸がふわりと舞《ま》い降りる。

「何をしているの、太陰」

太陰のものとは質の違《ちが》う穏《おだ》やかな風を身にまとった天一が、雑鬼たちと太陰を隔《へだ》てるように立っていた。

その隣《となり》にひらりと降り立った朱雀も、少々呆れ顔で両手を腰《こし》に当てた。

「あまり遅《おそ》いからと、彰子姫《ひめ》がいたく心配している。無理な頼みをしてしまったのではないかとな」

天一の裾《すそ》の近くまでそろそろと歩を進めた竜鬼が首を傾《かし》げた。

「お姫がどうかしたのか？　俺たちあとでちょっと顔出そうと思ってるんだけど…」

「ん？」

突然《とつぜん》足元から響いた声に、朱雀が無意識に足を動かす。

「わっ！」

体格のいい神将に踏《ふ》み潰されそうになって、竜鬼は慌《あわ》てて身を引いた。

「あっぶないなぁ、気をつけてくれよ式神ー」

「ああ、それについてはすまん。だが、俺の天貴の衣に触《ふ》れるのは許さん。そこの、もっと下がれ」

風でひらひらと揺《ゆ》れる衣に興味深そうにして足をのばそうとしていた細蟹が、むっと反論した。

「なにぃ？　ちっとくらいいいじゃねぇか、減るもんじゃなし」

「減る減らないの問題じゃない。どうしてもと言うならそこの井戸《いど》で十回ほど身を清めた上で許可を願い出ろ」

「ほほーぅ、それをやったら許すのか」

朱雀の台詞《せりふ》を売り言葉と受け取った細蟹が買い言葉を投げつける。しかし朱雀はあっさり言った。

「許すわけないだろう。それくらいの心構えでいろというだけの話だ」

「なっ、なっ、なっ」

思わず足がでそうになった細蟹を、魍鳥と闇鼬と熊寅蛙と蚰丸が全力で止めに入った。

だめだよとっつぁん、相手は式神だ、一瞬《いっしゅん》で黒焦《くろこ》げ、灰も残らないかも、いやそれより千切りでばらばらに、とっつぁんが死んだら俺たち寂《さび》しいよ、やられちゃったら悲しいよと叫《さけ》びながら、必死で八つの足と胴に追いすがる雑鬼たちに、放せぇ流れものの俺っちにも矜持《きょうじ》はあらぁなここでやらなきゃ男がすたるせめてせめてひと爪《つめ》武士の情けぇおのれ式神この恨《うら》み覚えたかぁと、涙《なみだ》ながらに訴《うった》える細蟹。

それを背景に、天一は太陰を静かに諭《さと》していた。

「姫があまりにも心配されているから、白虎に頼んで風を出してもらったのよ。太陰、戻《もど》ったらまず彰子姫に謝罪なさいね。それから、姫の御用《ごよう》はもう済ませたの？」

ここで玄武が片手を挙げた。

「すまん、まだなのだ。雑鬼《ざつき》たちが面白《おもしろ》くてな、つい失念してしまった」

うなだれる玄武の頭を軽く叩き、朱雀が嘆息《たんそく》混じりに言った。

「そんなことだろうとは思ったがな。おい、そこの」

呼ばれたのは傍観者《ぼうかん》に徹《てっ》していた付喪のおんじだ。おんじはひょこひょこと近寄ってきた。

「なんじゃ、お若いの」

「…………」

式神たちは思わず互《たが》いの顔を見合わせた。見た目は青年から子どもの四名だが、生きてきた年数は確実にこの付喪神より長い自覚があるので、なんと応《こた》えていいものか探しあぐねる。

「なんじゃと言うておる。わしらはそこそこに忙《いそが》しいんじゃ、用件は手短に頼むぞ」

「……ああ、そうすることにしよう」

ようやく立ち直った玄武が口を開き、雑鬼一同を見渡《みわた》した。

「姫が、お前たちを呼んでいる」

いつものようにいつものごとく晴明の命令を受けて都はずれに妖退治に赴《おもむ》いた昌浩は、戦闘《せんとう》真っ只中《ただなか》の状況《じょうきょう》にもかかわらず素《す》っ頓狂《とんきょう》な声を上げた。

「はぁっ⁉」

その隙《すき》をつき、片輪車が突進《とっしん》してきた。

「うわっ！」

反応が遅《おく》れてひき殺される寸前、昌浩の目の前で炎《ほのお》の闘気《とうき》が爆発《ばくはつ》する。

瞬《まばた》きひとつで本性《ほんしょう》になり変わった紅蓮が、片輪車を真正面から受けとめた。激しい衝突《しょうとつ》音が轟《とどろ》く。

「この…っ」

低く唸《うな》った紅蓮は、渾身《こんしん》の力で片輪車を投げ飛ばした。

地響《じひび》きを立てて転がった車に向け、放たれた紅蓮の炎蛇《えんじゃ》が容赦《ようしゃ》なく襲《おそ》いかかる。

片輪車は形勢不利と見て跳《は》ね起きると、そのまま一目散に逃走《とうそう》した。

「待て！」

紅蓮の怒号《どごう》が響《ひび》くが片輪車はもはや炎蛇も届かない場所にいる。

悔《くや》しげに歯噛《はが》みして、紅蓮は昌浩を振《ふ》り返った。

「戦闘中に気を散らすんじゃない！」

叱責《しっせき》されて首をすくめた昌浩は、頭を掻《か》きながら立ち上がった。

「ごめん、以後気をつける」

「本当にそうしてくれ。その一瞬が命取りになるんだ」

紅蓮の拳《こぶし》が昌浩の頭でごんと音を立てる。少々痛いが、あわやの惨事《さんじ》を回避《かいひ》した代わりと思えば大したものではない。

長身が瞬時《しゅんじ》に小さな物《もの》の怪《け》の姿に変わる。白い物の怪は助走もつけずに昌浩の肩《かた》に飛び乗った。

「急に素っ頓狂な声出してたが、どうしたんだ」

「あ、うん」

昌浩が視線をめぐらせると、それまで隠形《おんぎょう》していた勾陣が顕現した。

「勾！」

十二神将中二番手の闘将《とうしょう》は、まだ怒《いか》りの残る夕焼けの瞳《ひとみ》をまっすぐに見返した。

「昌浩の気が散じたのは私のせいだ、あまり責めてやるな」

「どういうことだ？」

怪訝《けげん》そうな物の怪から昌浩に視線を移し、勾陣は謝罪した。

「驚《おどろ》かせてしまったな、すまない」

「ううん、それは大丈夫《だいじょうぶ》。それより」

昌浩は困惑《こんわく》気味に尋《たず》ねた。

「彰子が雑鬼たちを邸に呼んだって、どういうことだ?」

これにはさしもの物の怪も目を丸くした。

「はぁ?」


安倍邸《てい》の庭先に出た彰子は、自分の背よりもずっと高い築地《ついじ》塀《べい》の向こうを覗《のぞ》きたいのか、懸《けん》命《めい》に背伸《せの》びをしていた。

敷地《しきち》内だから危険はない。だが、いつ何が起こるかわからないご時世だ。

「宵藍《しょうらん》、六合」

老人の傍《かたわ》らに控《ひか》えていたふたりの神将が顕現《けんげん》する。

「すまんが、昌浩が戻るまで、姫についていてくれんか」

「この距離《きょり》だ、危険などないだろう」

「うん、まぁそうなんだがのぅ。念のためだ」

「お前の結界に加えてこの地に宿る力があるんだ。念のためも何もあるまい」

晴明はふうとため息をついた。

「わかったわかった。そば近くとは言わんよ、屋根の上からでも構わんて」

青龍はちっと舌打ちして隠形する。気配がふっと消えたので、一応晴明の頼《たの》みを聞いてくれたものらしい。

それを静観していた六合が、ようやく口を開いた。

「姫はいったい何を？」

「うん」

好々爺然《こうこうや》と笑って、晴明は手にした檜扇《ひおうぎ》で己《おの》れの肩を叩《たた》いた。

「少し遅《おそ》くなってしまったが、正月にお世話になったお礼に、雑鬼たちにお菓子《かし》を振《ふ》る舞《ま》いたいのだそうだよ」

さしもの六合も軽く目を見開いた。

「それは…また……」

「本当に、こう言っては失礼に当たるかもしれんが…」

言い差して老人は、とても優《やさ》しい眼差《まなざ》しを庭先の少女に向けた。

「実に面白い、姫君《ひめぎみ》だのぅ」

「まったくだ……」

風は真冬ほどではないとはいえ、まだまだ冷たい。真夜中ともなれば一層冷える。袿《うちぎ》を羽織っていても結構応えるが、招いておいて部屋の中にいるのは失礼だと考えて、彰子はずっとそこにいた。

「太陰と玄武、どうしたのかしら……」

紙に包んだ干し果実は、今日の昼間に市に赴いて買い揃《そろ》えたものだ。

雑鬼たちはたくさんいるので、少しでは足りなくなってしまうかもしれないと考えて、両手で抱《かか》えるほど用意した。

昌浩の好きな干し杏《あんず》もある。少し前に市でもらった胡桃《くるみ》もまだ残っているから、あれを玄武たちに割ってもらってもいい。

「みんなは、干し杏や胡桃をおいしいと思ってくれるかしら」

彼らの味覚が自分たちと同じかどうかだけが気がかりだ。

雑鬼たちは別段恐《おそ》ろしい存在ではない。

お姫お姫と、気さくに声をかけてくれるから、彰子は彼らをとても好ましいと思っている。

「天一たちは、ちゃんと太陰と玄武に会えたのかしら……」

呟《つぶや》いたとき、がらがらという輪の音が響きだして、彰子は目を輝《かがや》かせた。

「車之輔だわ」

急いでくれと頼まれて、車之輔は全速力で駆《か》け戻ってきた。

その隣《となり》に、ばたばたと走る雑鬼《ざつき》たちの一団が並ぶ。

物見の窓からそれを見つけた昌浩は、前簾《まえすだれ》を撥《は》ね上げて顔を出した。

「お前たち！」

雑鬼たちはそれを待ち構えていたように、声を揃えて合唱した。

「あっ、孫だ——っ」

「孫言うな——っ！」

間髪《かんはつ》入れず轟いた怒号に、雑鬼たちはにんまりと笑う。

「競走だぞ、孫——っ」

「だから孫言うな——っ！」

これがなければ、彼らの夜は始まらない。

◇　　◇　　◇

都に棲《す》まう雑鬼たちには、ちょっとした秘密がある。

彼らは本当は、人間に興味があまりないから、好んで害を為《な》そうとも思わない。

楽しいことが大好きで、面白《おもしろ》いことをするのも大好きで、自分たちだけが満足できる毎日が大切で、そこに人間は必要ないからだ。

でも。

ちゃんと彼らを認めて、まっすぐに笑ってくれる瞳があったら、それだけは実は特別なのだ。

最近はそんなのが、人間だけでなく、式神《しきがみ》にもいたりして。

なんてことなくありふれた、でもどこかわくわくする、日常。

少年陰陽師

御厳《みいつ》の調べに舞い踊れ

天啓《てんけい》は、曲げられた。
だれが、なんのために。

1

ざざ。ざざ。

ざざ。ざざ。


波の音が静かに響《ひび》く。

伊勢海《いせのうみ》に浮《う》かぶ海津島《あまつしま》に、隠《かく》された宮がある。海津見宮《あまつみのみや》と呼ばれるその宮の奥には、皇祖神天照大御神《あまてらすおおみかみ》の上座に位置する尊き神が祀《まつ》られている。

その宮の主は、神代《かみよ》に人であることをやめ、永き時を神に仕えてきた、玉依姫《たまよりひめ》と呼ばれる巫《み》女《こ》だった。

玉依姫は、先日代替《だいが》わりをした。

日々祈《いの》りを捧《ささ》げ神の声を降ろす役目を継《つ》いだのは、先代玉依姫の娘《むすめ》。

齢《よわい》十を数える、面立《おもだ》ちに未《いま》だ幼さの残る少女だった。

薄暗《うすぐら》い波間に、巨大《きょだい》な三柱鳥居がそびえたつ。

祭壇《さいだん》の前で静かに祈りを捧げていた少女は、ふと肩《かた》を震《ふる》わせて瞼《まぶた》を上げた。

「…………？」

緩慢《かんまん》な動作で辺りを見回し、怪訝《けげん》そうに呟《つぶや》く。

「……我が君の、声が…」

唐突《とうとつ》に、消えた。

己《おの》れの未熟さゆえだろうか。いやしかし、神の穏《おだ》やかな気配はずっとこの身を取り巻くようにして漂《ただよ》い、それを確かに感じ取っている。

一方、結界の外側に控《ひか》えていたふたつの影《かげ》が、彼女の異変に気づいて腰《こし》を浮かした。

「斎《いつき》様」

「どうなさいました、何か」

立ち上がればふたりともすらりとした長身の男女で、端整《たんせい》な相貌《そうぼう》は人外のものだ。

彼らは祈りを捧げる玉依姫を守るべく、つかわされた神使である。男性を益荒《ますら》、女性を阿曇《あずみ》という。

立ち上がった斎は身を翻《ひるがえ》し、結界を越《こ》えて神使たちの許《もと》にやってきた。幼い歳に似合わぬ険しい面持《おもも》ちだ。

「……我が君の声が、消えた」

斎の前に片膝《ひざ》をついたふたりの神使がさっと青ざめる。

「⁉」

「真《まこと》ですか⁉」

息を呑《の》んだ益荒の横で、阿曇が斎に問い質《ただ》す。

「消えた。……聞こえない」

やや置いて言い直す斎のこわばった面差しに、神使たちは言葉もなく互《たが》いを見交《みか》わす。

斎は頭《かぶり》をひとつ振《ふ》った。

「神の気配は三柱鳥居に降りている。ただ、聞こえないのだ。わらわの耳に」

益荒と阿曇は目を見張った。

◇　◇　◇

ばさばさと羽ばたく鴉《からす》に、小さな手がのばされる。

「まって」

背伸《せの》びをしながら足を摑《つか》もうとする指を、摑まるか摑まらないかの高さを保ちながら、鴉は器用に避《よ》けている。

『ほれほれ、内親王よ、お主に我を捕《と》らえられるか？』

ばさばさと翼《つばさ》を打ちながらあちらこちらと逃《に》げ回る鴉を、内親王脩子《ながこ》はきゃっきゃと笑いながら追いかける。

「まって、もう少し」

ぴょんと飛び跳《は》ねると翼に触《ふ》れそうになる。と、それを見越《みこ》した鴉は翼をひょいっと旋回《せんかい》させて見事に避ける。

しばらくそうしていた鴉は、やがて頃合《ころあ》いを見計らい、わざと高度を落とした。

脩子はえいっと鴉を抱《かか》え込む。

『ややっ、我としたことが、不覚！』

大仰《おおぎょう》に悔《くや》しがってみせる鴉に、幼い内親王は誇《ほこ》らしげに言った。

「おにごっこはとくいなの」

『うむ、参ったぞ。内親王は筋が良い』

何の筋だ。

内心で問いながら、簀子《すのこ》に腰掛《こしか》けて膝《ひざ》に肘《ひじ》をついた十二神将太陰は呟いた。

「………意外だわ」

その傍《かたわ》らに端座《たんざ》していた十二神将玄武が、重々しく頷《うなず》く。

「うむ、我も同意だ」

あの鴉は道反《ちがえし》の守護妖《よう》である。ただの鴉とほぼ同じ大きさで、変わっているところといえば人語を解して会話を成り立たせることくらいだ。妖力を発揮すればそれなりに戦闘力《せんとう》を見せるのだが、ああしているとただの鴉にしか見えない。

その鴉がよもやここまで子守《こもり》に長《た》けているとは。はっきりいって、玄武や太陰よりよほど巧《うま》い。玄武は幼子《おさなご》の相手をどのようにすればよいのかがいまいちわからず立ち往生するのが常だ。太陰は少々おてんばが過ぎてしまう。気を抜《ぬ》いて力加減を誤り、内親王に怪我《けが》でもさせたら大事だ。であるので、内親王の遊び相手をと晴明に命じられたとき、自らそれを辞退した。それを聞いた六合が驚《おどろ》いた顔をしていたのが少々癇《かん》に障《さわ》ったが、太陰とて自分のことはよくわかっているつもりだ。

「さすがにね、相手を見るわよ。わたしだって」

思い出した太陰が据《す》わった目をして唸《うな》るのを聞きながら、玄武は視線をめぐらせた。

女房装束《にょうぼうしょうぞく》をまとった風音《かざね》が姿を見せる。

気づいた脩子と嵬《かい》が同時に声を上げる。

「かざね！」

『姫！』

ふたりとも声音《こわね》が弾《はず》む。呼ばれた風音は苦笑《くしょう》しながら簀子を降りて脩子の許に向かう。

膝を折って視線を下げると、風音は人差し指を立てて口元に当てた。

あっと気づいた脩子が嵬を放して両手で口を押さえる。その仕草がまた愛らしく、神将たちと風音はほほえましく思った。

「ごめんなさい、くもい」

「大丈夫《だいじょうぶ》。でも、ほかの人がいるところでは気をつけて」

神妙《しんみょう》な面持ちで頷く脩子の肩にとまり、嵬が胸を張る。

『姫、どうぞご安心を。姫のおらぬ間は我が内親王を全力を傾《かたむ》け守りとおす所存なれば』

「頼《たの》もしいわね」

笑う風音の傍らに目をやった嵬は、きっと眦《まなじり》を決した。

『よって姫をお守り申し上げいざというときに盾《たて》となるは、心の底から納得《なっとく》できぬが致《いた》し方なくどうしようもなく貴様の役目！　よいか！』

ばさっと片翼《かたよく》を突《つ》き出す鴉の前に、嘆息交《たんそく》じりの十二神将六合が顕現《けんげん》して黙然《もくぜん》と頷いた。

そこまで言うなら自分が風音の近くにいればいいのにと、無言の胸の内で考える。

そもそも内親王の護衛を命じられているのは同胞《どうほう》だ。

ちらと視線をくれると、太陰は察した様子で居心地《いごこち》の悪そうな顔をした。だって、ともごもごと口の中でなにやら呟いている太陰の隣《となり》で、玄武があらぬかたを眺《なが》めている。

そこに、油紙に包んだ文《ふみ》を携《たずさ》えた彰子が現れた。

「遅《おそ》くなってごめんなさい」

嵬が脩子の肩から離《はな》れて彰子の前に舞《ま》い降り、くるりと背を向ける。

『早うせい。日が暮れてしまう。もっとも、道反の守護妖たる我は、鳥たちのように夜目がきかぬということはないが』

彰子が嵬の背に文の包みを括《くく》りつけているのを、脩子は興味深そうに見つめている。

準備が終わると、嵬は風音に向き直った。

『では、姫《ひめ》。名残惜《なごりお》しいことこの上なきことなれど、我はこれより遥《はる》か西方の京の都に向かわねばなりませぬ。おそばに居《お》れぬことがまっこと口惜《くちお》しい限り、どうぞどうぞご健勝であられますよう…』

口上を述べる嵬に、太陰が半眼で呟いた。

「いいからさっさと行きなさいよ。ほんとに日が暮れるわよ」

『黙《だま》れ十二神将っ！　我と姫の別れの儀《ぎ》を邪魔立《じゃまだ》ていたすなっ！』

「こ…っ、この鴉…っ！」

太陰は握《にぎ》り拳《こぶし》を固めた。一応気を遣《つか》ってやったというのにこの言われよう。都の方角に竜巻《たつまき》で吹《ふ》っ飛ばしてくれようかと考え、実行しかける太陰を、察した玄武が無言でなだめるそぶりを見せる。

嵬の傍らに彰子が膝をついた。

「昌浩ともっくんたちによろしくね、嵬。いつも本当にありがとう」

頭を下げられて、悪い気はしないのか嵬は誇らしげに胸をそらす。そうして脩子に向き直った。

『では内親王。あまり危ない真似《まね》をして姫を困らせたりなぞはするなよ』

「うん。いってらっしゃい」

ぱたぱたと手を振る脩子にひとつ頷くと、嵬は風音を見上げた。

『それでは、姫……！』

それきり感極《かんきわ》まって絶句する嵬を、風音は苦笑しながら両手ですくいあげる。

「大丈夫よ。ほら、行ってらっしゃい」

西の方に向けて鴉を放《ほう》るようにする。嵬は風音の頭上をひとつ旋回し、ばさばさと大きく羽ばたきながら小さくなっていった。

脩子と彰子と風音が見えなくなるまで手を振っているのを見ながら、玄武が小さく呟《つぶや》いた。

「毎回毎回、ああも名残惜しそうにするならば、断ればよいものを……」

隣の太陰がふてくされた顔で応じる。

「ほんとよね。別に嵬なんかに頼まなくたって、わたしが届けてあげるのに」

「――――」

玄武が押し黙った。以前出雲国《いずものくに》で、太陰が成親を風で運んだ折、路銀や数珠《じゅず》や荷物をあちらこちらに吹っ飛ばし、探すのに大変苦労したことが脳裏《のうり》をよぎる。

文は当然のことながら紙なので、下手をすると原形をとどめないほどずたずたになりそうだ。もし白虎が同行していたなら、みな彼に頼めと勧《すす》めただろうし、彰子もそうしただろう。嵬に運んでもらうのは、様々な考慮《こうりょ》の末の判断なのだった。

「姫宮様、お疲《つか》れではありませんか。少しお休みになってはいかがでしょう」

彰子が尋《たず》ねると、脩子はううんと考え込むそぶりを見せた。

「……うん。そうする」

風音が踵《きびす》を返す。脩子の手と足を洗うための湯を用意するのだ。

もうすぐ秋が終わるのだが、今日はいつもよりあたたかい。鴉《からす》とじゃれて遊んでいた脩子はうっすらと汗《あせ》をかいていた。

彰子と手をつないで簀子に上がりながら、脩子は無邪気《むじゃき》に尋ねた。

「ふじか、ふみになにをかいたの？」

彰子は優《やさ》しく微笑《ほほえ》んだ。

「色々と、こちらのことや神宮《じんぐう》のことを書きました」

「ふうん。かくことがたくさんね」

彰子はさらに目を細めて、はいと頷いた。

太陰と六合が脩子たちについて行くのを見送り、玄武も立ち上がった。

玄武は内親王の居住となっているこの屋敷《やしき》に滞在《たいざい》しているわけではない。

ここは伊勢斎王《いせのさいおう》の住まう、伊勢国多気郡《いせのくにたきのこおり》の地、斎宮《さいぐう》。

斎宮寮《さいぐうりょう》にはたくさんの官吏《かんり》がおり、斎王と、斎王に仕える官吏たちが住む地を「斎宮」と総称《そうしょう》する。

また、伊勢斎王を斎宮、賀茂《かも》斎王を斎院とも呼ぶようだ。玄武たちは晴明に倣《なら》って伊勢斎王を斎宮と呼んでいるのだった。

帝《みかど》の内親王であり、天勅《てんちょく》に従ってこの地を訪《おとず》れた脩子は、特例ながら斎宮に準ずる立場として、斎宮の居住である内院の一角をあてがわれた。

一方、脩子の供として帝の勅命で伊勢にやってきた晴明はというと、さすがに内院には入れず中院の一角に滞在している。

とはいえ、斎王恭子《たかこ》女王の病気平癒《へいゆ》も帝より命じられているので、内院への出入りも特別に許されているのだった。

晴明の仮屋敷とこの内院はさほど距離《きょり》はないのだが、ひょいひょいと気楽に様子を見に来られるほどでもない。斎王の許《もと》に伺候《しこう》し、そのあとに様子を見に来るのが通例で、雨が降れば通うのも難儀《なんぎ》なのだった。

渡殿《わたどの》や廊でつながっていればいいのにと老人がぼやいていたのを思い出し、人間は不便だと玄武は考えた。

内院と中院とを隔《へだ》てる塀《へい》の上に立ち、玄武は空をぐるりと見回した。

いささか雲のかかった空は、薄《うす》い灰色だ。陽射《ひざ》しは淡《あわ》く落ちてくるが、影《かげ》の色は薄い。

時には雨が降る。数ヶ月降りつづいた長雨とは違《ちが》って一日二日でやむのだが、それでも降り出せば誰《だれ》もがひやりとしてもしやと身構える。

ひとつ嘆息し、玄武は晴明の屋敷に向かって跳躍《ちょうやく》した。

未《いま》だ回復には程遠《ほどとお》かった朱雀が主《あるじ》の召喚《しょうかん》に応じて伊勢に向かったのは、葉月下旬《げじゅん》のことだった。

あと数日で月が変わるという明け方に、主の声を聞いた朱雀は、それまで身じろぎするのもつらそうだったにもかかわらず、無言でおもむろに立ち上がったのである。

天一とともにその傍《かたわ》らにあった玄武は驚愕《きょうがく》したのだが、朱雀が無事に伊勢に到着《とうちゃく》するかどうかが気がかりなので同行するという大義名分のもと、渡りに船でこの地に赴《おもむ》いた。何しろ晴明のそばにいなければどんな状況《じょうきょう》かも何が起こっているのかもわからない。

何よりも、老人の身が気がかりだった。晴明は元気ではあるが、齢《よわい》八十を数えるのだ。人間の平均寿命《じゅみょう》は彼の歳の半分程度しかない。神将たちと違って人間の時間には限りがある。一刻も無駄《むだ》にしたくはなかった。

晴明が欲《ほっ》したのは、浄化《じょうか》の炎《ほのお》。

伊勢国に引き寄せられていた魔性《ましょう》のものたちを一箇所《かしょ》に封《ふう》じ込んだものの、雨によって穢《けが》された大地は晴明の霊力《れいりょく》も必要以上に削《そ》いでいた。

すべてを一掃《いっそう》し、さらには穢れを取り除くためには、炎の浄化がもっとも早く、効率がよかったのだ。

騰蛇の炎と迷ったが、あれには帰京の途《と》についた昌浩と昌親の護衛としての任がある。ゆえに、回復していないことを承知で朱雀を召喚したのである。

晴明の前に顕現《けんげん》した朱雀は、消耗《しょうもう》していることなどおくびにも出さず、主の命に従って炎を放ち見事に操《あやつ》って、魔物《まもの》もろとも穢れを浄化して見せた。

そして、なんとか天一の許まで帰り着き、彼女の姿を認めるなり、その腕《うで》の中に倒《たお》れこんだという。

もっとも、玄武自身は伊勢にずっと留《とど》まっているので、これは朱雀を送っていった太陰から聞いた話だ。さすがに、伊勢から京までを移動する力は朱雀に残っていなかったのである。

その太陰も朱雀を送ってすぐに伊勢に引き返してきた。闘将《とうしょう》紅一点である同胞《どうほう》の神気が、未だかつてないほど荒《あ》れ狂《くる》っていたため、恐《おそ》れをなして脱兎《だっと》のごとく逃《に》げてきたというのが真相であるらしい。

それを聞いたとき、玄武は思った。ああそうか、太陰はずっと晴明の許にいたので、あれを知らないのだった、と。それは六合と騰蛇も同様であるはずだ。

あの神気に触《ふ》れずにすんだ同胞たちが、玄武は本気でうらやましい。もっとも、騰蛇に限っては動じないかもしれない。何しろ騰蛇の神気は甚大《じんだい》さも苛烈《かれつ》さもあの上をいく。

朱雀が異界に戻《もど》ってから少しして、青龍が姿を見せた。さすがは闘将、騰蛇、勾陣につづく通力の持ち主だ。

神気を根こそぎ抜《ぬ》かれて動けなくなっていた姿を見ているだけに、回復した青龍を見たとき、何やら妙《みょう》に感動したのを覚えている。とうの青龍は、無言で見上げてくる同胞に気のない視線をくれただけだったが。

以来、青龍も伊勢に留まっていた。玄武と違い、晴明のそばを離《はな》れることなくずっと隠形《おんぎょう》している。晴明が呼べば顕現するが、用件がすむとすぐさま姿を消す。

ここは神国伊勢だ。斎宮に勤める者の中には、多少なりとも見鬼《けんき》の才を持っている者がいる。騰蛇ほどではないものの闘将の神気は苛烈であるため、青龍なりに配慮《はいりょ》しているのかもしれなかった。

余談だが、斎宮で見鬼の才を持つのは伊勢で生まれ育った氏族の者がほとんどだ。内宮《ないくう》や外宮《げ くう》に仕える度会《わたらい》氏や荒木田《あらきだ》氏、磯部《いそべ》氏の血筋の者は見鬼の才を持って生まれる者が、ほかと比べて多いようだった。

晴明の住む屋敷に近づいた玄武は、ふいに足を止めた。

「……なんだ?」

慣れた屋敷に、知らない気配がある。漂《ただよ》うものに違和感《いわかん》がある。人外のものか。

表情に焦《あせ》りをにじませて、玄武は先を急いだ。晴明の許には青龍がいる。あの闘将が静かなのだから敵ではないと思われるが、自分の目で主の無事を確かめるまでは安心できない。

「晴明!」

塀を飛び越《こ》えて庭に入ると、簀子《すのこ》に端座《たんざ》している老人と、見知らぬふたつの人影《ひとかげ》があった。

青龍は隠形したままだ。

大回りをして距離をとりながら簀子に上がり、晴明の傍らに移動する。

「晴明、これらは何者だ」

子ども特有の高い声で剣呑《けんのん》に問うと、晴明は小さく唸《うな》った。

庭先に佇立《ちょりつ》しているふたりが玄武に視線を投じる。玄武は警戒《けいかい》しながらそれを受けた。敵意はないようだ。抑《おさ》えているが、彼らが凄《すさ》まじい力を持っているだろうことは想像にかたくない。青龍は隠形しているが、近くにいる。神気を完全に抑制《よくせい》しているので感じられないだけだろう。

玄武を一瞥《いちべつ》し、晴明がその背を軽く叩《たた》いた。

「これ、いまにも噛《か》みつきそうな顔をするでない。こちらは賓客《ひんきゃく》だ」

一呼吸置いて、老人は言い添《そ》える。

「それも、世界の根源とも呼ぶべき高位の神の使いだよ。くれぐれも失礼のないように」

「世界の、根源…？」

思わず繰《く》り返す玄武の背後に、同胞の神気が顕現した。見れば青龍が、いつにも増して険のある面持《おももち》ちを見せている。

青龍は無言で顎《あご》をしゃくり、下がるように促《うなが》した。玄武は釈然《しゃくぜん》としないものの、同胞に従って後方に控《ひか》える。

老人は神使たちに向き直った。

「失礼した。どうぞつづきを」

詫《わ》びる老人に、気分を害した風もなく、青年が口を開く。

「玉依姫は、斎宮と内親王を気にかけておいでだ。皇祖神天照大御神の、巫女《みこ》神としての役割については？」

「話だけは、磯部守直殿《もりなおどの》から」

青年が頷《うなず》く。

「ならば話は早い。我らが玉依姫が仰《おお》せられるには、巫女神たる天照大御神の力が弱まっているとの由《よし》」

そのあとを、女性のほうが引き継《つ》いだ。

「巫女神は、いわば天照大御神の和魂《にぎみたま》。和魂が弱まれば均衡《きんこう》が崩《くず》れる」

彼女はついと視線を滑《すべ》らせた。

「聞けば、伊勢の斎宮《さいぐう》はかねてより容態思わしくないとのこと。無関係とは思えない」

ふたりの神使が代わる代わる発言するのを、晴明は思慮《しりょぶか》深い顔でじっと聞いていた。

そうして、区切りのついたところで漸《ようよ》う口を開く。

「……しかし、天意にそまぬ雨は、とうにやんでおりますぞ。雨を止めることが天意だったはず。我々は天啓《てんけい》に従って、姫宮様をこの地にお連れ申し上げた」

「その天とは、天照大御神にあらず。我らが主、天御中主神《あめのみなかぬしのかみ》」

応《こた》えた青年は、重々しく付け加えた。

「先代玉依姫が仰せられた。天啓は曲げられた、と」

さしもの晴明も息を呑《の》む。

「曲げられた、とは……。誰がそのような…」

ふたりの神使は頭《かぶり》を振《ふ》る。

「そこまでは。それを確かめる間もなく、神の声は途切《とぎ》れてしまった」

晴明の面持ちに険が増す。

「先代玉依姫は、こうも仰せられていた。伊勢に入れば内親王は命を落とすことになると」

青年の声音《こわね》は静かだが、その内容は重く冷たい。

「巫女神がお隠《かく》れになった頃《ころ》から、太陽が雲に隠れ、雨が降るようになった。このままでは、再び厚い雨雲に天が覆《おお》われてしまうかもしれない」

「それはとりもなおさず、斎宮の命の刻限となるだろう」

ふたりの神使が淡々《たんたん》と告げた予言に、晴明の胸がすうっと冷えた。

ふいに、青年が瞼《まぶた》を震《ふる》わせた。

「……遅《おそ》かったか」

「なんですと？」

低い呟《つぶや》きを聞きとめた晴明が聞き返したとき、門のほうから色を失った声が響《ひび》いた。

「安倍殿、晴明殿、おられるか！」

返答を待たずに入ってくるのは、この屋敷《やしき》を用意して身の回りのものを用立ててくれている磯部氏の舎人《とねり》だ。海津見宮に滞在《たいざい》している磯部守直の縁戚《えんせき》で、何くれと世話を焼いてくれる若者だった。名を冬重《ふゆしげ》という。

神将たちが隠形すると同時に息せき切って駆《か》け込んでくると、冬重は晴明の前にがくりと膝《ひざ》をつき、顔を歪《ゆが》めた。

「大副《たいふ》が……！」

それきり絶句する冬重に、晴明は問いただす。

「神祇《じんぎ》大副が、どうされた。冬重殿《どの》、大副は……」

力なく頭を振って、冬重は悲痛な声を絞《しぼ》り出した。

「祈《いの》りむなしく、つい先ほど、お隠れに……っ」

そうして冬重は、堪《こら》えきれなくなった様子で低くむせび泣く。

小刻みに肩《かた》を震わせる冬重から視線を外し、晴明は神使たちのほうを顧《かえり》みた。しかし、その姿は既《すで》に消えている。

《その男が入ってくる前に、消えた》

隠形していた青龍が告げてくる。

晴明は無言で頷いた。

神使のひとりが呟いた。

遅かったか、と。直後もたらされた悲報。

無関係ではないのだろう。巫女神天照大御神が隠れ、それが神祇大副と斎宮に病という形で影響《えいきょう》しているのだとしたら、晴明がなすべきはひとつだけだった。

2

神祇大副が身罷《みまか》った夜、斎宮寮は沈鬱《ちんうつ》な空気に包まれていた。

空は雲に覆われて、いまにも涙雨《なみだあめ》が落ちてきそうだ。

晴明は、屋敷の簀子でひとり夜空を仰《あお》いでいた。

明かりも点《とも》さずにいる老人の傍《かたわ》らに、幾《いく》つかの神気が降り立つ。

老人の肩が僅《わず》かに動く。

「……あちらはいいのか」

顕現《けんげん》した太陰が晴明の横で膝を抱《かか》える。

「いいのよ。内院は清浄《せいじょう》な結界に守られてるもの。よほどのことがなきゃ、内親王にも彰子姫にも危険が迫《せま》ったりなんかしないわ」

太陰は肩越《かたご》しに顧みる。そこには六合が顕現していた。

「それに、風音がいるもの。強いんだから、心配ないわよ、たぶん」

その名を聞いて、隠形《おんぎょう》している青龍のかもし出す気配が刺々《とげとげ》しくなった。

青龍は以前敵として対峙《たいじ》した風音に完敗を喫《きっ》している。また、彼女は主《あるじ》の命を付け狙《ねら》った刺《し》客《かく》でもある。その素性《すじょう》が明らかになったあとでも、進んで彼女と良好な関係になろうとは思わなかった。

もっとも、太陰とても風音と出雲で共闘《きょうとう》したからこそいまのような間柄《あいだがら》が成立しているので、同胞《どうほう》の態度を責めようとは思わなかった。

「……太陰、どうした？」

晴明の問いに、太陰は自分が苦虫を相当数嚙み潰《つぶ》したような顔をしていることを自覚した。

出雲から、その後の嫌《いや》な思い出が甦《よみがえ》ってしまった。

晴明とともに、青龍と天后《てんこう》の徹底的《てっていてき》な説教を受けたのだ。せっかく忘れていたのに。

「……なんでもないわ。ちょっと嫌なことを思い出しただけよ」

「そうか。そういうときはな、祝詞《のりと》や神咒《かじり》をひたすら唱えるのがいいぞ」

「人間にはいいかもしれないけど、十二神将のわたしがそれをするのって、何か違《ちが》わない？」

そもそも祝詞や神咒は神に捧《ささ》げるものではなかったか。

晴明は生真面目《きまじめ》に応じた。

「神将なのだから、わしらが唱えるより言霊《ことだま》の力が増すかもしれんじゃないか」

「そうかしら……」

思わず本気で検討しそうになった太陰だったが、来訪の目的をはたと思い出した。

「違うわよっ。わたしは晴明が落ち込んでるんじゃないかと思って、ちょっと心配になって来たのよ。なのにどうして晴明がわたしを励《はげ》ましてるわけ？　逆じゃないの！」

眦《まなじり》を決して食ってかかってくる太陰に、晴明は苦笑《くしょう》する。

「心配されるより心配する側のほうがいいからのぅ。……大丈夫《だいじょうぶ》だよ」

語尾《ごび》の響きが重い。太陰はふっと息を詰《つ》めた。

「……本当に？」

晴明は、滅多《めった》なことでは弱音を吐《は》かない。家族にも、神将たちにも。彼が弱音を吐けた相手は、ずっと昔に儚《はかな》くなってしまったので。それ以来気楽に弱音を吐けなくなってしまったと何かの折にほろ苦く笑っていた。

幼女の風体《ふうてい》をした神将の頭を軽く撫《な》でて、晴明はしっかりと頷く。

「ああ。……本当のことを言うとな、大副を初めて見舞《みま》ったときに、これはだめかもしれないと、感じていたよ」

あまりにも生命力が希薄《きはく》で、手の施《ほどこ》しようがないと。

それでもどうにかして玉の緒《お》をつなぎとめようと、晴明は毎日全霊《ぜんれい》で祈禱《きとう》を行い、病平癒《へいゆ》と延命の術を駆使した。

六合が僅かに目を伏《ふ》せる。青龍がやってくるまで、神祇大副の許《もと》に向かう晴明の傍らに隠形していたのは彼だ。晴明がどれほど懸命《けんめい》に大副を助けようとしていたのか、六合はずっと見ていた。

遷宮《せんぐう》の祭主を務めるまではと、大中臣永頼《おおなかとみのながより》もまた必死で命をつないでいた。しかし、その願いむなしく、病床《びょうしょう》に就《つ》いたまま、永頼は祭主の務めを果たせなかった。

二十年に一度の式年遷宮。その祭主の大任を果たすことを、永頼は重く受けとめながらも誇《ほこ》りに思っていたという。

「……主上《おかみ》に、詫《わ》びねばならんな」

神祇大副の病平癒がかなわなかったこと。帝《みかど》の期待に応《こた》えられなかったこと。

己《おの》れの手を見つめて、晴明は唇《くちびる》を噛《か》む。

どれほどの術を扱《あつか》えても、できないことのほうが遥《はる》かに多い。わかっていても、無力さを思い知るたびに打ちのめされる。

息をつき、老人は顔を上げた。

神将たちは一様に気遣《きづか》わしげな面持《おもも》ちだ。彼らにそんな顔をさせてはいけない。

「案ずるな。わしは打たれ強い。お前たちがそれを一番よく知っているだろう」

それに、まだ終わったわけではない。

「かくなる上は、なんとしてでも斎宮《さいぐう》をお救い申し上げてみせるぞ。それが、身罷られた大副への手向《たむ》けだ」

それをなすまでは、晴明は都に戻《もど》れない。

もうひとつ、気がかりがある。

天勅《てんちょく》にしたがって伊勢に下った内親王脩子。依代《よりしろ》をこれへ持て、とのことだったが。

天啓《てんけい》は曲げられたのだという。ならば脩子は伊勢に下る必要などなかったのではないだろうか。

晴明たちが伊勢に入ったばかりの頃、この地は引き寄せられた魔性《ましょう》のものたちにあふれかえっていた。それらを一掃《いっそう》したのちにも、魔物《まもの》たちが集《つど》ってくる気配がある。

魔物たちは神宮を囲むように四方八方からやってくる。この斎宮も同様だ。本来ならば、神国であり天照大御神の膝元《ひざもと》である伊勢に、これほどの魔物が現れる道理はないはずなのだが。

腕《うで》を組んで低く唸《うな》っている晴明に、それまで隠形していた玄武が顕現して問うた。

「晴明よ。なぜ魔物たちはわざわざ神宮を目指すのだ？　彼らにとって聖なる神気に満ち満ちたかの領域は、己が身を危《あや》うくするものだろうに」

元来魔物たちは闇《やみ》の領域に棲《す》む。闇を消す光の力にあふれた清浄なる神宮は、魔物には毒以外の何ものでもない。

主《あるじ》に代わって声を上げたのは太陰だった。

「清浄な場を穢《けが》すためなんじゃない？　伊勢は神の国だけど、降りる場が穢れたら神は留《とど》まれなくなるじゃない」

玄武は顎《あご》に手を当てた。

「ふむ、神が降りねば神国たる資格を失う、か。……しかし、常に清浄さを保つために内宮も外宮も日々祀《まつ》りを厳粛《げんしゅく》に執《と》り行っている。そもそも神域に魔物は入れないだろう。どうやってそれを穢すのだ？」

「それは……どうするのかしら」

ふたりは難しい顔を突《つ》き合わせてひとしきり唸った。

伊勢の内宮は皇家の祖神というだけではなく、この国に生きる者すべての総氏神《そううじがみ》だ。寄せられる祈りも願いも思いも桁外《けたはず》れに強く、またそれを受けてもびくともしないだけの清浄な神気に満ちているのである。

太陰は頬杖《ほおづえ》をついてため息をついた。

「ずっと雨がやまなかったから、天照大御神の神威《しんい》が薄《うす》れて伊勢を守る力が弱まったのよねぇ。だから魔物が集ってきたわけだから、陽《ひ》が射《さ》しつづければそんな心配なくなるのよね？」

「しかし、陽射しというのは天照の神意の比喩《ひゆ》ではないのか？　いくら陽が射しても天照の神威がそこになければ意味はないのではないだろうか」

「じゃ、なんで天照の力が弱まってるのよ」

「雨が降ったからだろう」

「でももうやんでるわよ。雨を止めるために昌浩が国之常立神《くにのとこたちのかみ》を穢してた大本《おおもと》の邪念《じゃねん》を浄化《じょうか》して……ん？」

ふいに首を傾《かたむ》けて、太陰は怪訝《けげん》そうに呟《つぶや》いた。

「……国之常立神は大地の神よね？　雨を降らせたり、できるの？」

玄武と太陰のやり取りを眺《なが》めていた晴明が、虚《きょ》をつかれた顔をした。

国之常立神が鎮《しず》まったと同時に雨がやんだので原因はこれだったのだと思っていたが、言われてみれば確かにそのとおりだ。

国之常立神がかかわっていたのは龍脈の乱れ。都に頻発《ひんぱつ》した地震《じしん》は国之常立神の痛苦を表していた。

しかし、よくよく思い返してみれば、そもそもあの長雨は八岐大蛇《やまたのおろち》を復活させるための出雲《いずも》九流族《くりゅう》の謀《はかりごと》。それが伊勢の地に及《およ》んだことで国の柱たる国之常立神を苦しめた。

そこまで整理して、晴明はいやと頭《かぶり》を振《ふ》った。

待て。それでは筋が通らない。大蛇を倒《たお》し、出雲の雨はやんだ。にもかかわらず都の空は晴れず、伊勢も同様だった。ならば、あの雨には別の何かが関与《かんよ》していたということだ。

あれは天意にそまぬ雨だという。その「天」を、晴明たちは天照大御神と解釈《かいしゃく》した。

しかし海津見宮に仕える神使たちは、その天は根源神たる天御中主神であると告げた。

天御中主神は内親王脩子を呼んではいない。どころか、伊勢に入れば命を落とすと警告を発したという。

ならば、天啓を曲げたのはいったい何ものか。脩子を呼び、その命を欲《ほっ》しているものは。

状況《じょうきょう》をひとつひとつ整理していく晴明の横で、太陰が頭を抱《かか》え込む。

「待って、わたし、ついていけないかも」

その横で玄武が苦虫を嚙み潰したような表情だ。

「我もだ」

それまで隠形《おんぎょう》していた青龍が顕現《けんげん》した。

「国之常立神と雨を同列に考えるな。別の事象だ」

六合が口を開く。

「しかし、無関係ではあるまい」

闘将《とうしょう》たちは淡々《たんたん》としたものだ。太陰は眉間《みけん》のしわを深くした。

「でも、国之常立神を解放したら、雨はやんだわよ？」

「天意にそまぬ雨だったから、天御中主神が止めたのではないか？」

そう言ったのは玄武で、晴明は依然《いぜん》難しい顔で腕を組んだまま沈黙《ちんもく》している。

「だったら最初から天御中主神が止めれば良かったのよ。わざわざ内親王を伊勢に呼ばなくたって…」

「待て、内親王を呼んだのは天御中主神ではないと神使たちが言っていた」

「あ、そっか。……じゃあ、内親王を呼んだのは、誰《だれ》よ」

「それがわからないから、晴明があのような顔をしているのではないか」

険しい顔の老人を玄武が指差す。堂々《どうどう》巡《めぐ》りだ。

黙考《もっこう》していた晴明は、漸《よう》う口を開いた。

「……何かこう、この辺りに引っかかっているんだがなぁ」

こめかみの辺りをつつきながら息をつく。果たして何ものが糸を引いているのか。

確かなことは、神の天啓を曲げるような力を持つものがいずこかにあり、その存在を完全に隠《かく》している。

と、剣呑《けんのん》な顔の青龍が組んでいた腕を解いた。

「晴明、そろそろ休め」

鋭《するど》い双眸《そうぼう》が晴明を射貫《いぬ》く。雲に覆《おお》われた空はどんよりとした薄灰色で星は見えないが、青龍が促《うなが》すということは相当深い刻限なのだろう。

やれやれと言わんばかりの風情《ふぜい》で晴明は重い腰《こし》を上げる。伊勢に入ってからしばらくは、どれほど遅《おそ》い刻限まででも気がすむまで起きていた。六合や太陰はここまで口うるさくないからだ。遅《おく》れてやってきた玄武も、多少非難めいたことは言うものの最後には諦《あきら》めて、消えかけた燈台《とうだい》に油を差してくれたりするのだった。

「わかったよ。そろそろ休むとしよう。お前たちも姫宮《ひめみや》様方のところに戻りなさい」

太陰と六合は頷《うなず》いて、ふっと隠形した。

神気が内院に向かうのを確かめ、晴明は大きく伸《の》びをして肩を軽く叩《たた》く。思案ごとをしているとどうにも肩が凝《こ》る。

「玄武、ちと揉《も》んでくれ」

「それより休んだほうがいいと思われる。岩のように肩が凝るのは、根を詰《つ》めて考えすぎているからではないのか」

しかつめらしい顔で応じた玄武に、晴明は恨《うら》みがましい目を向けた。

「……お前も言うのう」

「青龍に倣《なら》っただけだ。疲労《ひろう》は思考を鈍《にぶ》らせる。疑問の答えにもたどり着けまい」

そこに青龍の冷めた眼差《まなざ》しが追い討《う》ちをかけてくる。

晴明は深々とため息をついた。

◇　◇　◇

神無月《かんなづき》に入って数日が経過した。

急いでいたのに秋が終わってしまったと、彰子は少々焦《あせ》っていた。

「…いたっ」

針が滑《すべ》って親指の先がちくりと痛む。血が出ていないか、布が汚《よご》れていないかを咄嗟《とっさ》に確かめて、出血のないことにほっと息をついた。

「だめね、焦ると……」

手を休めて肩を落とす。幼い頃《ころ》に母から針を教わっていたとき、とにかく急ごうとしてしまい、そのたびに優《やさ》しくたしなめられたのを思い出す。

――ひと針ひと針に想《おも》いがこもるのだから、丁寧《ていねい》にしなければいけませんよ
焦るあまりに指先を何度も刺《さ》してしまい、涙目《なみだめ》でそれを聞いた。

あの頃は、綺麗《きれい》に縫《ぬ》うよりも速く縫うことのほうが大切に思えていた。一晩で三枚も父の衣装を仕上げる母を尊敬の眼差しで見つめ、早くああなりたくて。

「速くても、着心地《きごこち》が良くないと、仕方がないのに……」

それまでに縫い上げた箇所《かしょ》を確かめる。冬の衣装を用意していない晴明に仕立てているものだ。晴明は人と会うことが多いのだから、綺麗に仕上げることを優先させるほうが大事だと、

自分に言い聞かせる。

安倍の邸《やしき》に預けられてからは、露樹《つゆき》に手ほどきを受けていた。彼女は器用な人で、針仕事にも長《た》けていた。母もとても上手な人だった。彼女たちに師事している自分は恵《めぐ》まれている。

「藤花《ふじか》様。いま、大丈夫《だいじょうぶ》かしら」

女房装束《にょうぼうしょうぞく》の風音が姿を見せる。

「あ、はい。どうぞ」

縫いかけの衣《ころも》をたたんで横に置き、居住まいを正す。

「姫宮様のおそばにいらっしゃらなくてもよろしいのですか？」

首を傾《かし》げる彰子に頷いて、風音は肩越《かたご》しに脩子のいる方角を顧《かえり》みた。

「太陰と六合が隠形してついてくれているから。私は命婦殿《みょうぶどの》から、呼ぶまで下がっているようにと言われたの」

「え……？」

目を瞠《みは》る彰子の困惑《こんわく》した表情を見て、風音は苦笑する。

「邪険《じゃけん》にされたわけではないのよ。姫宮が、斎宮にお会いしたいと命婦殿に頼《たの》まれたの」

お見舞《みま》いをしたいのだと幼い皇女に懇願《こんがん》されて、命婦は渋々《しぶしぶ》折れた。高熱のつづいている斎宮の容態が今朝方は少し落ちついたらしく、僅《わず》かな間だけならばと、命婦と乳母《めのと》が案内《あない》していった。

伊勢に入ってからというもの、脩子は毎朝目覚めるとすぐに井戸《いど》の水を浴びて禊《みそぎ》を行っている。その井戸は斎宮のためのものなのだが、その水で身を清めることが必要だと卜部《うらべ》の亀卜《きぼく》が示したという。

亀卜に表れるのは神意だ。斎宮寮始まって以来、斎宮以外の者がその井戸水を使ったことはないということだった。そういうこともあり、内院では神威《しんい》を受けているとして脩子を斎宮の次に鄭重《ていちょう》に扱《あつか》っている。

いま、脩子の身はこれ以上ないほどに清められているのだった。

「晴明殿《どの》の衣を仕立てていたの？」

たたまれた衣に目をやる風音に、彰子はそれに触《ふ》れながら答えた。

「はい。替《か》えが必要かと思ったので……」

それが済んだら、自分の単《ひとえ》を仕立てようかと考えていた。替えは何枚あってもいい。これから少しずつ寒くなっていくのだから、都を出るときに用意した衣装では季節に合わなくなっていく。

脩子の伊勢下りは秘密裏《ひみつり》のことだ。天啓《てんけい》に従って伊勢に下ってきたが、その次に何をどうすればいいのかは誰も知らされていない。

眩《まぶ》しそうな目で仕立て途中《とちゅう》の衣を見つめている風音に、彰子は遠慮《えんりょ》がちに口を開いた。

「……あの、雲居《くもい》様」

女房としての名を呼ばれ、風音は首を傾《かたむ》ける。

「伊勢の神様は、なんのために姫宮様を伊勢にお呼びになったのでしょう」

風音の面持《おもも》ちがすっと険しくなった。訊《き》いてはいけない事を口にしてしまったかと、彰子は身のすくむ思いがした。

「……どうしてなのか、まだわからないの」

答えて、風音は整った面立ちに険しいものをにじませる。

「神無月に入る前に何らかの動きがあるかと思っていたけれど、動きはないし……。でも」

神無月には、すべての神が神議《かむはか》りのために出雲に赴《おもむ》く。天照大御神はさすがに動かないだろうが、ほかの神はこの地を離《はな》れるはずだ。

恭子女王に危害を及《およ》ぼしている何ものかにとっては好機に違《ちが》いない。

「姫宮のことは、何があっても守ると覚悟《かくご》を決めている。天照大御神の思惑《おもわく》がどういったものであっても」

毅然《きぜん》と断言する風音に、彰子は憧憬《どうけい》に似た思いを抱《いだ》く。

ここまで力強く言い切れるのは、それを為《な》せるだけのものを彼女が持っているからだ。

誰かを守ることは難しい。伊勢にいたる道程で、彰子はそれを思い知った。

そうして、脳裏を別の情景がよぎる。

少しずつ弱まっていく雨足。雲の覆いが徐々《じょじょ》にとかれて、切望していた陽《ひ》が雲の切れ間から射《さ》した。

のばしてくれた手を取って、それきり互《たが》いに言葉が出なかった。たくさんたくさん話をしようと言ってくれたのに、ひとことも出てこなくて。

しばらくそうして、どちらからともなく、笑った。

顔をくしゃくしゃにした昌浩は、彰子の手を両手で摑《つか》んだままそこに額を押しつけて、笑っているような泣いているような声で、小さくごめんと言った。

彰子は首を振《ふ》った。言いたいことはたくさんあったはずなのに、そのひとことで、胸の奥で冷たく凝っていた重いものがすうっと消えた。

彰子が言いたかったことは、昌浩が言いたかったことで。それをわかっていたから、ただひとことで通じた。

おかしいよね。最初は、言いたいことをちゃんと言えていたのにね。いつからそれができなくなっていたんだろう。

きっと、安心してしまったから。安心して、今度はそれが壊《こわ》れることが恐《こわ》くなってしまったの。たぶん、そういうことなんだと思う。

うん、だから。

ぽつりぽつりと交《か》わした言葉は、決して特別なものではなかったけれど、だからこそまっすぐに伝えることができたし、受けとめることもできたのだ。

雨はやんだ。脩子は磯部守直とともに、一足先に斎宮寮に送り届けられたという。あとは晴明たちが伊勢に向かうだけだ。

昌浩と昌親は、彰子たちが伊勢に出立《しゅったつ》するのを見届けてから都に引き返していった。

彰子を運ぶということで、太陰は緊張《きんちょう》で強張《こわば》りがちになっていた。自分の体を取り巻く神将の風は少し強かったが、話に聞くほど激しくはなかった。

あとになって、伊勢に到着《とうちゃく》してしばらくの間、太陰がいつになく疲労困憊《ひろうこんぱい》してものも言わずにうつ伏《ぶ》せで転がっていたと六合から聞いた。おそらく極限まで心を配ってくれたのだろう。

いまになって彰子は気づく。考えてみると、昌浩に見送られるのは初めてだったのだ。

いつもは自分が昌浩を見送る側だったのに、なんとも不思議な気分だった。

回想していた彰子は、視線を感じてはたと我に返った。見れば風音が、穏《おだ》やかな目を彰子に向けている。

「あ……、すみません。お話の途中だったのに」

慌《あわ》てて詫《わ》びる彰子に頭《かぶり》を振り、彼女は薄《うす》く笑った。

「……都に戻《もど》りたい？」

彰子が何を考えていたのか、見抜《みぬ》いているのだろう。彰子は苦笑して首を振った。

「いいえ。いまはできるだけ姫宮《ひめみや》様にお仕えして、少しでも晴明様のお力になりたいと、思います」

彰子にはいま、伊勢でするべきことがある。脩子とともに伊勢に下ったのは帝《みかど》の勅命《ちょくめい》だ。晴明と同じように、彰子は天勅に従ってここにきた。

昌浩は常に、自分が為すべきことを為している。時には命を懸《か》けて、傷だらけになりながらも、立ち止まることをしない。

昌浩はいつも自分で決めている。ならば彰子も、自分で決めよう。誰《だれ》かのためでなく、自分のために。

「私にできることなんて、たかが知れているけれど……」

自分の無力さを知っている彰子は寂《さび》しく笑う。昌浩のように、風音のように、何か特別な術や力を使えればいいのに。そうであればこれほど自分の無力さに打ちひしがれたりはしなかっただろうに。

そう口にすると、風音は苦笑した。

「私はあなたがうらやましいのに」

えっと目を瞠る彰子の手元を示す。縫《ぬ》いかけの衣だ。

「姫宮に、冬の衣を仕立ててあげたでしょう。晴明殿にもいまそうやって……。情けないけど、私は気づかなかった。あなただからできたことね」

一呼吸置いて、彰子がほしいものを持っている人は言い添《そ》えた。

「きっと、昌浩もそう思ってる」

「………」

彰子は息を詰《つ》める。風音はふと瞬《まばた》きをして立ち上がった。

同時にぱたぱたと駆《か》けてくる足音がする。

「くもい、くもい、どこ？」

「ここに」

息せき切ってきた脩子が頬《ほお》を紅潮させながら風音を見上げた。

「うみよ。うみにいくの。みょうぶにおしえてもらったの」

「え、どういうこと？　お願い、わかるように話して」

膝《ひざ》を折って視線を合わせてくれた風音の手を摑んで、幼い子どもとは思えない強い力で引っ張る。

「さいおうさまは、だいじなさいぎのときにはかならずうみでみそぎをするのですって。わたし、それをしていないわ。だからかみさまは、なにもおしえてくださらないのよ、きっとそう。だから」

いいから来てとせがまれて、風音は彰子を気にしながらも急《せ》きたてられていく。

縫いかけの衣《ころも》を取って、彰子は小さく呟《つぶや》いた。

「……昌浩も……」

あのとき。難しいことは互いにひとつも言わなかった。取り交わしたのは他愛《たわい》のない言葉だけ。ただ、互いの目をまっすぐに見交わすことができるようになって、別れた。

昌浩もそう思っている。そうだろうか。そう思ってくれているだろうか。

そうならいい。ただそれだけで嬉《うれ》しい。自分のできることをする、そのために頑張《がんば》れる。

それは、いままでずっと考えてきたことと同じであるはずなのに、いままでとは心の在り方と胸の奥がまるで違っているのだ。

涙《なみだ》で視界がにじむ。衣にしずくがこぼれてしまわないように、慌てて袂《たもと》で目許《めもと》を拭《ぬぐ》う。

目を閉じて深呼吸をする。

そろそろ陽が傾いてきた。明るいうちに仕上げてしまおう。

「さ……、急がないと」

それまでよりも丁寧《ていねい》に、彼女は再び針を動かしはじめた。

斎宮《さいぐう》の役目を補佐《ほさ》する命婦から借りたという巻物を広げて、脩子はそこに描《えが》かれている図を示す。

どうやら近隣《きんりん》の地図であるらしい。

「ここよ。このうみで、さいおうさまはみそぎをするの。だから、わたしもやらなくちゃ」

「姫宮？」

訝《いぶか》る風音を見上げる脩子の面持ちは、その年齢《ねんれい》に似合わぬ悲愴《ひそう》さすら漂《ただよ》わせていた。

「わたしは、おとうさまにいわれて、ここにきたの」

風音は頷《うなず》いた。それは知っている。天勅があった。帝は身を裂《さ》かれるような思いで可愛《かわい》い娘《むすめ》を遠い伊勢に送り出したのだ。いつ帰れるとも知れない、極秘《ごくひ》の伊勢下り。

「たいふがおかくれになったわ。さいおうさまもおかげんがすぐれない。きっと、わたしがちゃんとおやくめをはたせていないから、かみさまがおいかりなのよ」

小さな手のひらを握《にぎ》り締《し》めて紡《つむ》がれる声は、僅《わず》かに震《ふる》えているようだった。

「だから、みょうぶにきいたの。さいぐうのおやくめを。わたしはさいぐうじゃないから、ぜんぶはできないけど」

恭子女王にもそれを尋《たず》ねたかったのだが、さすがにできなかった。病臥《びょうが》している恭子は高熱に苦しんでいる。なのに、見舞《みま》った脩子に優《やさ》しい言葉をかけてくれた。足りないものはないかと心配りまでしてくれた。

一度は晴れた空は、少しずつ雲が増えて雨が落ちるようになってきた。神祇大副は隠《かく》れ、恭子の病状もゆるやかに重くなっていく。

それもきっと、自分がいたらないせいだ。

「あのね。くもいは……」

言い差して、辺りを見回す。誰もいない。近づいてくる気配もない。

「……かざねは、いろいろなことをしっているし、かみさまみたいなことができるでしょう？　わたしはなにをすればいいのか、わかる？」

「…………」

脩子の思いがけない決意に驚《おどろ》き絶句していた風音だったが、この問いかけにはさすがに困惑《こんわく》した。

「神様みたい……というか……」

自分は神の娘なので、半神半人の身だ。確かに徒人《ただびと》にはできないことも、できることはできるが、脩子の期待には残念ながら応《こた》えられない。

「ごめんなさい……。できることなら答えたいけれど、私にもわからないの」

すがるような眼差《まなざ》しを向けていた脩子は、見るからに落胆《らくたん》した。

「そう……」

しおれて肩《かた》を落とし、巻物を見つめる。

「みそぎって、どうするのかしら…。うみにはいればいいの？　ひとりでできるかしら……」

小さな手を握り合わせて懸命《けんめい》に考えている。風音は慌てて言った。

「ひとりでなんて無理よ。……そうだわ」

ひとつの考えが閃《ひらめ》いて、風音は笑顔《えがお》を作った。

「とりあえず、明日海に行ってみましょう。禊《みそぎ》はしなくてもいいけれど、斎宮と同じ道をたどるの。いまならまだそれほど寒くはないから」

伊勢に入ってからというもの、脩子は内院にこもったきりだ。斎宮寮に勤める大半の官人たちにはその素性《すじょう》は秘されている。対外的には、病の斎宮に仕えるために命婦が呼び寄せた女童《めのわらわ》ということになっていた。

内親王の願いとあれば、命婦や神職たちも否《いな》とは言うまい。

それに、せっかく閉《と》ざされた内裏《だいり》を出て伊勢にやってきたのだ。素性を知るもののほとんどいない別天地で、自由に外を歩かせてやりたかった。

海を見られる機会など、一生に一度あるかないかのはずなのだから。

それまで硬《かた》かった脩子の面《おも》持ちが、きらきらと輝《かがや》いていく。

こくりと頷いた脩子は、ふと小首を傾《かし》げた。

「……………?」

きょろきょろと辺りを見回す。怪訝《けげん》そうな顔の少女に風音が尋ねる。

「どうしたの?」

脩子は両耳に手を当てながら答えた。

「だれかが、よんでいるみたい……。でも……」

遠くの音を聴《き》くように、耳の後ろに手を添える。

風音は周囲を見回した。

誰《だれ》もいない。脩子の空耳だろうか。

耳を澄《す》ましても聞こえるのは風の吹《ふ》き抜《ぬ》ける唸《うな》りと、それに遊ばれる木々のざわめきだけだ。

戸惑《とまど》ったような素振《そぶ》りで目線を彷徨《さまよ》わせ、脩子は呟いた。

「……きのせい…かしら…?」

◇　◇　◇

風が冷たい。

「〜〜〜〜〜っ、寒いっ、寒いよっ！」

「寒いんだよっ！　寒すぎるんだよっ！」

「なんだってこんなに寒いんだよ〜〜〜っ！」

がたがた震えながら口々に訴《うった》える雑鬼《ざつき》たちを一瞥《いちべつ》し、十二神将白虎は静かに口を開いた。

「空の風は、地上のものより冷たいからな」

猿鬼が目を剝《む》く。

「ええっ⁉　お日様に近いんだからあったかいんじゃないのかよっ！」

一つ鬼が地上を指差す。

「下のほうがあったかいなら降りようぜ！」

「そうしようそうしよう！　このままじゃ凍《こご》えちまうよーっ！」

もはや泣き声なのは竜鬼だ。その風体《ふうてい》が蜥蜴《とかげ》に似ているためなのか、蜥蜴と同じで寒さにめっぽう弱いらしい。

白虎は、遥《はる》か遠くを見はるかした。その表情は妙《みよう》に達観している。

十二神将白虎。大陸から海を越《こ》えてこの豊葦原《とよあしはら》の瑞穂《みずほ》の国に渡《わた》ってきてより幾星霜《いくせいそう》。神の末席に連なる矜持《きようじ》は常に胸の内にあり、大陰陽師《だいおんみようじ》安倍晴明を主《あるじ》に戴《いただ》く誇《ほこ》りは何があってもゆるぎはしない。はずだった。

安倍晴明の使役《しえき》に下って六十年余り。色々なことがあったが、彼はいま生まれて初めて味わう不可思議な感情を、あえて無視していた。

たとえて言うなら虚《むな》しさやるせなさ、物悲しさと呼ぶべきものかもしれない。しかし、彼はそう判断するのを断固として拒絶《きょぜつ》していた。

たとえ、誇り高き十二神将がなぜなにゆえに雑鬼を伊勢くんだりまで送り届けねばならんのか、という切ない自問が頭のどこかで響《ひび》いているような錯覚《さっかく》をおぼえようとも、それはただの気のせいなのだ。気のせいに違《ちが》いない。気のせいだといいな。気のせいにしておけ。精神衛生上それが一番いいのである。

筆舌《ひつぜつ》に尽《つ》くしがたい感情に揺《ゆ》れ惑《まど》っているものの、それをおくびにも出さない白虎である。ただ、はるか昔に仏教を開いたとある国の王子は、もしかしたらこんな心持ちだったのかもしれないと埒《らち》もないことが脳裏《のうり》をちらとよぎるくらいだ。

「なぁなぁ式神《しきがみ》ー、ちょっと頼《たの》みがあるんだけどさぁ」

白虎は、神将にあるまじき仏のような顔で応じた。

「なんだ」

猿鬼と一つ鬼が目を見交《みか》わして笑う。

「こう、ぐるっと遠回りしてもらえないかなぁ」

「なぜ」

竜鬼ががちがちと震えながら口を挟《はさ》む。

「……さっ…さっ…さむっ…」

生憎《あいにく》と白虎の衣装《いしょう》は生地《きじ》に余剰《よじょう》がないので、竜鬼にかけてやる布がない。天一や太裳《たいじょう》だったら袂《たもと》で包んでやるかもしれないが、この場にいない者がもしいたらという仮定を論じていったい何の意味がある。

十二神将白虎。顔にこそ出さないものの、彼にしては珍《めずら》しく少々心がささくれ立っていた。

「だってさぁ、このままいけば、伊勢に着くのは夜中か夜明けだろ？」

「まだお姫《ひめ》たちは寝《ね》てるだろうし。安眠《あんみん》の邪魔《じゃま》するのはよくないぜ」

「……さっ…さむっ……さむっ…」

無言で雑鬼たちを見やる十二神将白虎。彼の胸中を正しく読み取れるものは、この場には誰もいない。

しばらく黙然《もくぜん》と雑鬼たちを眺《なが》めていた白虎は、淡々《たんたん》と口を開いた。

「……では、あの辺りで一休みをして、夜が明けたら出立《しゅったつ》しよう」

雑鬼たちはわっと歓声《かんせい》を上げた。

「さすが式神！」

「話がわかるなぁ」

「……さむっ…さむっ……さむっ……」

雲に覆《おお》われた空から、徒人には見えない影《かげ》がゆるやかに下降していく。

◇　◇　◇

3

朝の空模様は、かろうじて晴れていた。

「薄曇《うすぐも》り、くらいかの？」

弱々しい陽射《ひざ》しが落ちてくるのを眺めて、晴明は眉《まゆ》をひそめる。

日を増すごとに、雲が多くなっていくようだ。海津見宮の神使たちが告げにきた話が本当ならば、太陽神の威光《いこう》が今後ますます薄《うす》れていくということか。

そうなれば、再び雨がこの地を穢《けが》すこととなり、ただでさえ弱まっている神域を守護する力が消されてしまうかもしれない。そうなれば、穢されてはならない神奈備《かんなび》が穢される。

社があっても神は降臨できなくなるだろう。太陽神の加護は消え、伊勢は光を失ってしまうことになるのだ。

伊勢の神宮《じんぐう》はこの国の総氏神《そううじがみ》。その加護が消えるということは、この日の本に生きるすべての民《たみ》に神の加護が届かなくなるということにほかならない。

「いっそ天照大御神を勧請《かんじょう》申し上げるか？　しかし、そんなことは神宮の神職が日々の勤めとして行っているはずだしなぁ」

渋面《じゅうめん》を作っている晴明の背後に、ふたつの神気が降り立った。青龍と玄武だ。

「お帰り」

神祇大副が身罷《みまか》った次の日から、彼らは晴明の命を受けて伊勢の地を回り、斎宮と脩子の身を脅《おびや》かす悪《あ》しきものの痕跡《こんせき》を探《さぐ》っている。手がかりがあるわけではないのでしらみ潰《つぶ》しだ。

時には太陰や六合もそこに加わる。それでも、何の情報も得られずに時間だけが過ぎていく。

晴明は焦《あせ》りを覚えはじめていた。斎宮の容態もだが、何かそれ以外で晴明の心を逸《はや》らせるものがあるのだ。それが何なのかも掴《つか》めず、苛立《いらだ》ちばかりが募《つの》っていく。

「晴明、闇雲《やみくも》に動いても時間の無駄《むだ》だ」

青龍が剣呑《けんのん》に吐《は》き捨てる。晴明は無言で応じた。それは承知の上だ。

「せめて何か指標のようなものがあればいいのだが、それもだめか、晴明よ」

見上げてくる玄武に、晴明は苦いものを含《ふく》んだような顔をする。

京の自邸《じてい》であれば、占具《せんぐ》も書物も揃《そろ》っている。過去の記録から推論を導き出し、それを頼《たよ》りにすることもできる。しかし現実にはここは都を遠く離《はな》れた伊勢。陰陽《おんみょう》の道具も占具もろくに揃っていない。

かろうじて、天津金木《あまつかなき》に使う菅曾《すがそ》は入手できたが、普段《ふだん》星図や式盤《ちょくばん》を重点的に使用しているために、使い慣れない天津金木を読み解くにはどうしても精緻《せいち》さに欠ける。

「ううむ、使い勝手の良さに惑わされず、満遍《まんべん》なく使うべきか……」

唸る晴明に、玄武が言った。

「晴明。それは螣蛇がよく昌浩に言っている台詞《せりふ》だぞ。お前がそんなことでどうするのだ」

「失敬な。昌浩はそもそも式盤どころか天津金木の占法すらもおぼつかんのだぞ。それにわからんとはいっとらん。いまいちはっきりせんのだ」

青龍が無愛想に口を開いた。

「なら、どこまでわかった」

「おおまかでもいい、何も手がかりがないよりはましだ」

交互《こうご》に言い募られて、晴明は重い息を吐く。

「伊勢」

神将たちの返答まで、一瞬《いっしゅん》の間があいた。

「――――は？」

さすがに虚をつかれた風情《ふぜい》で、青龍と玄武は異口同音に聞き返す。

老人はふてくされたようにつづけた。

「伊勢だ、伊勢。この伊勢。斎宮の病の原因は伊勢にあると出た」

文句があるかと言わんばかりに畳《たた》みかける晴明を、玄武は半ば唖然《あぜん》と見つめた。

「…………そうか」

ぽつりと呟《つぶや》いたのは青龍で、こちらはなにやら突《つ》き抜《ぬ》けたような奇妙《きみょう》に静かな面《おも》持ちだ。

伊勢に原因がある。なるほど、間違《まちが》ってはいない。だが、その程度のことはわざわざ占じなくても誰《だれ》もが思い至る。

青龍は無言で踵《きびす》を返すと、文机《ふづくえ》の上に散らばっていた菅曾をむんずと掴むと真っぷたつにばきりとへし折った。

「青龍。気持ちはわかるがそれは借り物なのではないのか」

しかし青龍は玄武を黙殺《もくさつ》し、菅僧を庭先に投げ捨てる。

ばらばらと散っていく菅僧がなんともいえぬ憐《あわ》れを誘《さそ》う。

「きゃあ！　ちょっと、なにやってるのよ」

悲鳴に振《ふ》り返れば、破片《はへん》を浴びそうになったらしい太陰が頭を押さえるようにして首をすくめていた。ちょうどいい間合いで飛んできたようだ。

「ごみはちゃんと決まったところに捨てなさいよ。晴明が散らかしたって思われるじゃない」

目を怒《いか》らせて簀子《すのこ》に上がってきた太陰に、老人が胡乱《うろん》げに問うた。

「どうした、こんな朝早くから」

晴明の目許《めもと》に険がにじむ。

「まさか、斎宮か姫宮様の身に、何か…」

太陰は手を振った。

「違うわ。これから内親王と彰子姫と風音が尾野湊《おののみなと》に出立するから、一応報告」

「なに？　なんでまたそんなことに」

目を丸くする晴明に、風音から聞いたいきさつをかいつまんで説明する。最後に太陰はこう結んだ。

「舎人《とねり》たちもいるし、わたしと六合もいるから心配しないで。ただ、戻《もど》るのは夕方か夜になるかもしれないって」

「うん、わかった。気をつけてな」

晴明が了解《りょうかい》すると、太陰はぱっと飛び立っていく。時間がない中で報告に来たのだろう。

「空がもってくれればよいがのぅ。せっかくの海だ、姫宮様も彰子様も楽しみにされておるだろうし」

尾野湊のある北の空を手をかざして見上げる晴明に、玄武が尋《たず》ねた。

「それにしても、内親王は思いもよらないことを考えるな」

晴明は苦笑《くしょう》した。幼いながらも責任を感じているのだろう。

脩子はまだ五歳だが、その立場ゆえに同じ年頃《としごろ》の子どもたちよりずっと早く成長しなければならなかった。政《まつりごと》が母親の立場にどんな影響《えいきょう》を及《およ》ぼしているのか、頭ではなく肌《はだ》で感じているはずだ。

あの幼い姫が伊勢に下ると承諾《しょうだく》したのは、誰よりも母の立場を守るためだったのだろうと晴明は考えていた。

「斎宮のように禊《みそぎ》をしたとて、それで何が変わるとも思えんがな」

いつものように険のある顔で青龍が肩《かた》をすくめるが、そこに責める響《ひび》きはない。彼は彼なりに皇女の思いを酌《く》んでいるようだ。

晴明は嘆息《たんそく》した。

先月の神嘗祭《かんなめのまつり》の折、恭子女王は病を押して外宮と内宮に赴《おもむ》き、斎王として奉仕《ほうし》した。なんとか務め上げ斎宮に戻ってから、一層の高熱に心身を蝕《むしば》まれている。

神嘗祭は重要な務めだ。斎王が神宮に直接赴くのは年に三回だけ。水無月《みなづき》と師走《しわす》、長月《ながつき》。これは三節祭《さんせつさい》と呼ばれる。

女王は葉月の晦日《つごもり》に禊を行った。夏の終わりとはいえ、海の水はさぞや冷たかっただろう。しかし女王は、祭りこそが己《おの》れの務めであるとして、決死の覚悟《かくご》で臨《のぞ》んだのだと聞いている。

神祇大副が身罷られたのは神嘗祭の直後だ。まるで、遷宮《せんぐう》と神嘗祭が無事に済んだことを確かめるために、それまでながらえていたかのようだった。

脩子は斎王の代役を務め上げるつもりなのかもしれない。自分を伊勢に呼び寄せた神に全霊《ぜんれい》で務めることで許しを請《こ》おうとしているのかもしれない。

子どもであるがゆえに、その心はまっすぐで純粋《じゅんすい》だ。伊勢に下ると決めたときから、彼女は覚悟をしていたのかもしれなかった。

◆　◆　◆

脩子を乗せた輿《こし》が尾野湊に到着《とうちゃく》したのは巳《み》の刻を半ば過ぎた頃だった。

薄曇りの空は弱々しい陽《ひ》を落とし、それが波に弾《はじ》かれている。

ゆっくりと下ろされた輿から出た脩子は、灰色の砂浜《すなはま》と、白く泡《あわ》を立たせながら打ち寄せる波を見て目を丸くした。

伊勢にいたる道程でも鳰海《におのうみ》を見る機会はあったが、雨で視界が悪く、白い霧《きり》にその姿はほとんど隠《かく》されてしまっていた。だから脩子と、同行してきた彰子が海を見るのはこれが初めてだった。

晴れていたらもっときれいなのにと風音は残念に思った。隠形《おんぎょう》して近くに浮遊《ふゆう》している太陰を一瞥《いちべつ》する。

《やってみてもいいけど、全部は無理よ？》

答えて太陰は上空まで一気に翔《か》けあがり、久しぶりに通力を炸裂《さくれつ》させた。

突如《とつじょ》として雲に穴が開き、突風《とっぷう》とともに雲が砕《くだ》かれていく。風は地上にも及び、強風に巻き上げられた砂が打ちつけてくる。

「わあっ！」

色を失う舎人たちの叫《さけ》びが木霊《こだま》する。巻き上がる突風が輿を跳《は》ね上げ横倒《よこだお》しになった。

風音が脩子と彰子を抱《かか》え込もうとすると、眼前に黒い影《かげ》が顕現《けんげん》した。

三人まとめて夜色の霊布《れいふ》で覆《おお》った六合が、砂嵐《すなあらし》を通力で跳ね返す。

風と通力のぶつかり合いが砂浜に奇妙な砂紋《さもん》を描《えが》く。

六合は剣呑に上空を睨《にら》んだ。

雲間にぽっかりとあいた青空の真ん中に浮《う》いている太陰は、万歳の姿勢で固まっている。

「太陰、やりすぎだ」

短い言葉が届いたのか、太陰はしおれた様子で降りてくる。

霊布から顔を出した風音が六合の腕《うで》に触《ふ》れた。

「ごめんなさい。私が頼《たの》んだのよ、彼女を責めないで」

六合は嘆息すると、風音の額をゆるく握《にぎ》った拳《こぶし》の甲《こう》で軽く叩《たた》くようにした。

腰《こし》を抜かしている舎人たちの狭間《はざま》をすり抜けた六合は、横倒しになった輿を無造作に戻すと、風音から受け取った霊布の砂をばさりと払《はら》って隠形した。

降り立った太陰がしょげ返っている。

「ごめんなさい。大丈夫《だいじょうぶ》？」

脩子と、彼女の衣装を直していた彰子は笑い返す。

「ええ、へいき」

「大丈夫よ」

脩子が太陰の腕を摑《つか》む。

「いまのかぜはたいいんがやったの？」

「う、うん」

及び腰《ごし》になる太陰に、脩子は満面の笑《え》みを見せた。

「すごいわ、たいいんはすごい」

「そ……そう？」

手放しで賞賛されて、太陰はほっとしたように頰《ほお》をゆるませる。脩子は嬉々《きき》として海を指さした。

「ほら、すごくきれい。きらきらしているの」

見れば、雲にあいた穴から陽が射《さ》し、水面を照らしてきらきらときらめいている。波が引いて寄せるたびにきらめきは姿を変えて、目を楽しませてくれるのだ。

すごいすごいとはしゃぐ脩子を、その手を引いた彰子が波打ち際《ぎわ》まで誘《いざな》っていく。

太陰は少し照れた様子で頭を掻《か》いたりしていたのだが、六合の視線に釘《くぎ》を刺《さ》され、慌《あわ》てて表情を引き締《し》めた。

一方、砂を浴びた舎人たちは、突如として現れた長身の青年や、空を自在に翔ける少女に目を白黒させていた。

話には聞いていたが、これが安倍晴明の式神《しきがみ》かと、仲間同士小声で言い交《か》わす。

特に存在を秘しているわけではないので、神将たちは動じることもない。どちらかといえば、存在を誇示《こじ》しておいたほうがいざというときに動きやすいと思っているのだった。

ここは伊勢だ。都とは勝手が違《ちが》う。晴明ですら占《せん》が思うようにならず苛立《いらだ》っている。

斎宮はともかく、曲げられた天啓《てんけい》によって呼び寄せられた脩子と、その供として伊勢に下った彰子の身の安全が、晴明と神将たちにとっての最重要事項《じこう》だった。さらに言うなら、六合以外は風音のことをまったく案じていない。その六合とて、彼女の身が危《あや》ぶまれることよりも、脩子に何事かが生じたとき彼女が真っ先に単身飛び出していくだろうことを案じているのだ。

脩子は、打ち寄せてくる波に足が濡《ぬ》れないように逃《に》げながら、引いていくのを追いかける。白い泡が履《くつ》に触れそうになると慌てて下がり、海水を含《ふく》んで黒くなったやわらかい砂に足跡《あしあと》をつける。

波がそれをさらうたびに面白《おもしろ》がって跡をつける脩子を、彰子はほほえましく見守っているのだった。

彼女がそんなふうに無邪気《むじゃき》に笑った顔を見るのは、伊勢に入ってから初めてだったような気がする。幼い面差しに似合わない悲愴《ひそう》さがずっと漂《ただよ》っていた。おそらく風音はそれもあって脩子を尾野湊に連れてきたかったのだろう。

子どもに戻《もど》った脩子が声を立てて笑っている。

波がつれてきた小さな貝を拾っては砂浜に並べて数えている脩子が、ふと沖《おき》のほうに視線を止めた。

「……………あれ、なに？」

脩子を見ていた彰子は、小さな指が示すほうに目を向ける。

波間に揺蕩《たゆた》う桃色《ももいろ》の鞠《まり》が見えた。

「鞠、でしょうか。どこかの子どもが流してしまったのかしら……」

「じゃあ、かえしてあげないと。こっちにながれてきたらいいのに」

沖合《おきあい》に浮かぶ鞠は波に遊ばれて、ともすれば更《さら》に遠くに流されてしまいそうだ。

脩子がぽんと手を叩いた。

「そうだわ。たいいん、あれをとってきて」

彰子の傍《かたわ》らでしげしげと鞠を眺《なが》めていた太陰は、ひとつ頷《うなず》いて波の上を飛んでいく。

ぷかぷか浮いている鞠に手をのばそうとしたとき、太陰はぴたりと動きを止めた。

両耳の上で結《ゆ》い上げた栗色《くりいろ》の房《ふさ》が、神気の風をはらんで揺《ゆ》れる。水面を見下ろしていた太陰は、瞬《まばた》きをして呟《つぶや》いた。

「……あ」

一方、浜辺《はまべ》で様子を見ていた脩子と彰子は、動かない太陰の様子を訝《いぶか》る。

「どうしたのかしら」

「さあ…」

不安げな脩子の肩《かた》にそっと手を置いて寄り添《そ》う彰子を、太陰が顧《かえり》みてくる。

心なしか、その目が物言いたげだ。

彰子は胡乱《うろん》げに首を傾《かし》げた。風将は波に漂う鞠を拾い上げる。引き返してくる彼女の目が、なぜだろう、据《す》わっている。

戻ってきた太陰は、浜辺に降り立つと、無言で彰子に鞠を差し出した。

それを見た彰子は目を丸くした。

「え……一つ鬼!?」

ずっと鞠だとばかり思っていた丸い物体は、きゅうっとのびた一つ鬼だった。

彰子は慌てて雑鬼《ざつき》を受け取る。都にいるはずの雑鬼がなぜここに。

「一つ鬼、どうしたの、なぜあなたがここに…」

乾《かわ》いた砂に膝《ひざ》をついて一つ鬼の手を軽く叩く。雑鬼は口を開いたままぴくりとも動かない。

「一つ鬼、一つ鬼！　しっかりして……！」

そのとき。

風が、悲しげな泣き声を運んできて彰子の耳に届けた。顔を上げると、再び集まってきて空を覆いかけている雲の彼方《かなた》に、見知った影があった。

「うわあぁぁぁぁん！　ひとつのー！　ひとつのー！」

「どこだよおぉぉぉ！　ひとつのー！　返事してくれよおぉぉぉ！」

泣《な》き叫んでいるのは、十二神将白虎にしがみついている猿鬼と竜鬼だった。白虎は浜辺の同《どう》胞《ほう》たちに気づいている様子で、まっすぐこちらに飛んでくる。

「ひとつのー！　ひとつのー！」

「うわーん！　ひとつのー！　ひと……、あ…」

波間を見回していた猿鬼が、ふいに叫ぶのをやめる。

「……見ろ、たつの！　お姫《ひめ》だ！」

「え？　おひめっ……ひとつの！」

猿鬼と竜鬼はぱっと白虎の手から飛び降りた。下は海だ。真っ逆さまに落ちた雑鬼は飛沫《しぶき》を上げて一度沈《しず》み、おぼれそうになりながら浜辺に泳いでくる。

ようやく波打ち際にたどり着いた猿鬼と竜鬼は、泣きながら彰子に向かって飛び跳ねた。

ずぶ濡れの二匹《ひき》が迫《せま》ってくる。彰子はびっくりした顔で咄嗟《とっさ》に反応できない。

と、彰子と脩子の前に六合が顕現《けんげん》し、いままさに彰子に飛びつこうとしていた雑鬼二匹をむんずと捕《つか》まえた。

「お姫ぇぇぇぇっ！」

宙吊《ちゅうづ》りになった二匹はばたばたと手足をばたつかせる。

「おわっ！　なにすんだよ式神っ！」

「せっかくの感動の対面を邪魔《じゃま》しやがって！」

猛抗議《もうこうぎ》する二匹に、腕を組んで仁王《におう》立ちになった太陰が目を怒《いか》らせる。

「そんなびしょ濡れで飛びかかったら姫が濡れるわよ！　少しは考えなさいよねっ！」

猿鬼と竜鬼は互《たが》いを見合わせた。海水がぱたぱたしたたって砂に落ちていく。ばつの悪そうな様子でしょげる二匹に、太陰の風が吹《ふ》きつける。

すっかり乾いた頃《ころ》に白虎がようやく降りてきた。

随分遅《ずいぶんおそ》かったものだ。あの程度の距離《きょり》にこれほど時間がかかるとは。

不審《ふしん》に思いながら太陰が見上げると、白虎は奇妙《きみょう》にどこか突《つ》き抜けた顔をしていた。

「……白虎？」

同胞は黙然《もくぜん》と頷く。その面差しは、不自然なほど穏《おだ》やかだった。

「久しぶりだな、太陰。息災だったか」

「う…ん、それなりに…」

「そうか、それは何よりだ」

太陰は、思った。これ以上、追及はやめよう。

改めて雑鬼たちを顧みる。六合も、無表情ながらその目はとても饒舌《じょうぜつ》になっていた。

来ると言っていたなぁ、そういえば。

伊勢詣《もう》でをしたいから連れて行ってくれと頼《たの》まれて、晴明がそれを受けたのが昨日だ。なのだが、尾野湊に向かうことになって朝からばたばたとしていたため、すっかり忘れていた。

猿鬼と竜鬼は彰子の手の中の一つ鬼を見ながら再び涙《なみだ》ぐむ。

「ひとつの…、見つかってよかった…！」

「急にえらい風が吹いて、こいつ軽いから、飛ばされちまって…！」

「え……？」

心配したんだ、海なんて広いからもうだめかと、とさめざめ泣く二匹を見つめて、彰子は思った。

その風は、もしかしくても。

「――――」

太陰が黙《だま》ったままひとつ瞬きをする。ちらと白虎を見やると、察しているらしい同胞は何も言わずに彼女の頭をぽんと叩《たた》いただけだった。

六合と風音と太陰と白虎が、一瞬《いっしゅん》で視線を交わす。この件については二度と触《ふ》れないでおこう。

言葉が出ない彰子の手の中で、一つ鬼が身じろいだ。

「……う…ぅぅ…」

のろのろ目を開けた雑鬼は、自分を見下ろしてくる彰子を見て、嬉《うれ》しそうに笑った。

「…あの世には……お姫によく似たのがいるんだなぁ……。お姫……最期《さいご》に一目だけでも会いたかったなぁ……」

ほろほろと涙をこぼす一つ鬼の言葉に、彰子は苦笑《くしょう》した。

「一つ鬼、大丈夫《だいじょうぶ》？」

「ほぇ？」

「なに言ってんだよばか！」

「お前生きてるよ！　本物のお姫だよ！」

泣きわめく二匹の声に、一つ鬼は目を瞠《みは》る。

「お前ら……じゃあ、俺、俺…っ！　お姫っ、うわあぁぁぁんっ！」

波に呑《の》まれてもうだめかと思ったと、彰子にしがみついた一つ鬼が泣きながら訴《うった》える。一緒《いっしょ》になって彰子にへばりつき、良かった良かったと泣いている三匹《びき》の姿に、太陰はいささか良心の呵責《かしゃく》を覚えた。

それまで目をまん丸にしていた脩子が風音の袂《たもと》を引っ張る。

「くもい、これはなに？」

雑鬼を指差す脩子に、風音は苦笑まじりに教えてやった。

「都の雑鬼…、妖《あやかし》ね。伊勢詣でに来たみたい」

脩子は感嘆《かんたん》した。

「あやかしなのにおまいりをするなんて、かわってるわ」

それを聞いた神将たちは、まったくもってそのとおりだと、内心で同意した。

ひとしきり再会を喜んだ雑鬼たちは、やがて初めての浜辺に興味を移してきゃっきゃとはしゃぎだす。興味深そうにそれを眺めていた脩子を、猿鬼がお前もこいよと誘《さそ》い、竜鬼と一つ鬼に裾《すそ》を引かれた彰子も交えて打ち寄せる波との追いかけっこをはじめた。

それを眺めながら、太陰が唸《うな》る。

「いいの？　あれ、雑鬼でも妖よ？」

脩子は毎日禊《みそぎ》をして徹底的《てっていてき》に身を清めている。必要かどうかはわからないがそうしている以上、できるだけ穢《けが》れから遠ざけなければならないのではないだろうか。

六合が口を開いた。

「あれらも尾野湊の水に入ったからな。さほど問題はないのでは」

「何かあったら潰《つぶ》すわ」

さらりと口を挟《はさ》んだのは涼《すず》しい顔をした風音で、なぜだか白虎がそれに対してとても好意的な視線を送る。

それを見た太陰は、いったい何があったのだろうかと無性《むしょう》に気になったのだが、訊《き》いてはいけない気がするので考えるのをやめた。

舎人《とねり》たちは警戒《けいかい》しているのか、防風林のところまで輿《こし》を移動させ、脩子たちを見守っている。見たところの数が減っているのは、危険がないように交代で見回りに出ているからだろう。

風音は天を仰《あお》いだ。

先ほど太陰があけた穴は、もうすっかりふさがってしまっている。雲は朝よりずっと厚く、陽《ひ》の光をさえぎっているのだった。

太陰がくんと鼻を動かした。

「…雨の匂《にお》いがする」

潮の中に混ざりはじめている。風も心なしか重い。

遠くを見はるかすと、白い霞《かすみ》が出ている。海の向こうはかなり暗くなってきているのだ。

「雨になる前に斎宮《さいぐう》に戻《もど》ったほうがいいな。舎人たちは雨支度《じたく》をしていない」

肩越《かたご》しに彼らを顧《かえり》みる六合に、白虎が応じた。

「いざとなったら、俺と太陰の風で運ぼう。いまさら驚《おどろ》かれることもないだろう」

ふたりの言葉に太陰と風音が頷《うなず》く。

一方、脩子たちは、波打ち際《ぎわ》で貝探しに熱中していた。

様々な形の貝を波が運んでくる。それが再び波に呑まれてしまう前に取り上げて、乾いた砂の上に集めていく。

桜色の小さな貝を見つけた彰子は、それを脩子に手渡《てわた》した。

「きれいね」

目を輝《かがや》かせた脩子に、どうやらそれの対《つい》と思《おぼ》しき貝を、一つ鬼が見つけてくる。白い筋の入った二枚貝や巻き貝などをうまく見つけては持ってくる。やがて彼らが集めた貝は、脩子の両手いっぱいになった。

両手の貝を嬉しそうに見つめていた脩子は、ふいに寂《さび》しげな目をした。

「……おかあさまにも、おみせできたらいいのに……」

きっと定子《さだこ》もこんなにたくさんの貝は見たことがないだろう。とくにこの桜貝は綺麗《きれい》だ。喜ぶに違《ちが》いない。

懐《ふところ》から手拭《てぬぐい》を取り出して、彰子はそれを広げた。

「姫宮《ひめみや》様、これに包んでいきましょう」

「うん。ふじか、ちゃんともっていてね」

「はい。お任せください」

にこりと笑う彰子の広げた手拭の上に、脩子は貝を慎重《しんちょう》に移動させる。ぶつかり合って割れてしまったら大変だ。

できるだけ貝同士が当たらないように丁寧《ていねい》に包んでいる彰子の仕草を、雑鬼《ざっき》たちが興味深そうに見つめている。

脩子は海を見はるかした。

打ち寄せる波は遥《はる》か彼方《かなた》までつづいている。このずっと先に、あの大きな鳥居の立つ島があるのだ。

言っていた。

唇《くちびる》を引き結んで、思う。あの子は神に仕えるのだと言っていた。神の声を聞く役目なのだと言っていた。

あの時どうしてか、自分は知らないうちに難しい言葉を話していた。それは神の言葉で、神があなたの口を借りて伝えたのだと言われた。

神の声がいま聞けたら、尋《たず》ねたいことがたくさんあるのだ。

どうして自分はここに呼ばれたのか。いったい何をすればいいのか。斎宮の病気はどうして治らないのか。

あの子なら、いますぐにでもそれを尋ねられるのかもしれない。

だが現実にはあの島は海を隔《へだ》てており、あの子はあの島から出てこない。あの島は隠《かく》されているということだったから、舎人や女孺《にょじゅ》を使いに出すわけにもいかない。

晴明の十二神将だったら海を越《こ》えていけるだろう。だが、晴明には晴明の仕事がある。晴明はいいというかもしれないが、彼のために働く大事な式神を自分の我儘《わがまま》のために貸してくれとは言えない。

ざざ。ざざ。

ざざ。ざざ。

波の音が響《ひび》く。

風音が近づいてきて彰子に声をかける。その声は波に掻《か》き消されてしまう。脩子の耳にまでは届かない。

ざざ。ざざ。

ざざ。ざざ。

雑鬼たちが何かを話している。波に消されて届かない。

ざざ。ざざ。

ざざ。ざざ。

──…………

脩子は瞬《まばた》きをした。

波音の響く海を、瞠った目で見つめる。

絶え間なく響く波の音が、脩子の聴覚《ちょうかく》を席巻《せっけん》する。

──………に…

ふいに、頭の中に、人影《ひとかげ》のようなものが視《み》えた。まぶしい光の中に、誰《だれ》かがたたずんでいる。

あまりにもまぶしくてどんな姿かはよくわからない。

その影は、ゆっくりと手招きをした。

──……こ…こ………に……

脩子はふらりと歩き出した。波打ち際にそって、招かれるままに足が動く。

あれは、誰だろう。行かなければ。

砂に足を取られながらふらふらと歩く脩子の肩《かた》を、細い指が掴《つか》んだ。

「姫宮？」

脩子ははっと我に返った。後ろを振《ふ》り返ると、風音が険しい顔をしていた。

「……かざね」

「どうしたの」

脩子は瞬きをして、海の彼方を指差した。

「……だれかが、よんでいるの…」

脩子の示す先を睨《にら》んで、風音は低く呟《つぶや》いた。

「……呼んでいる…？」

4

病臥《びょうが》していた斎王恭子は、荒《あら》い呼吸を繰《く》り返していた。

付き添《そ》っている乳母《めのと》は、その呼吸がふっと消えたことに気づいた。

「斎王様？」

恭子が突然瞼《とつぜんまぶた》を上げる。ひくりと息を吸い込んだ彼女は、彼女のものではない声音《こわね》を発した。

「依代を――」

◆

◆

◆

尾野湊から戻った脩子が会いたがっているとの報を受け、晴明は夕刻の内院に足を運んだ。

脩子の住まいとなっている母屋《おもや》に向かっていると、風に乗って喧騒《けんそう》が流れてくる。

聞き覚えのあるにぎやかな声は、雑鬼たちのものだ。どうやら無事に到着《とうちゃく》したらしい。

一声かけて入室の許可を求めると、風音が姿を見せた。

入ってきた晴明を見るなり、雑鬼たちが涙目《なみだめ》で叫《さけ》ぶ。

「晴明！　助けてくれっ！」

わっと飛びかかってきた三匹《びき》を見て、老人はおやと瞬きをした。長い付き合いの雑鬼たちの姿が、奇妙《きみょう》に透《す》けている。

「斎宮に近づくにつれて、なんだか体が変なんだよ！」

「だんだん力が抜《ぬ》けてくし、ふよふよした変な感じがするし！」

「これなんなんだよ、晴明！」

口々に訴《うった》えてくる雑鬼たちとは対照的に、神将たちはいやに静かな面持《おもも》ちで彼らを眺《なが》めている。脩子は心配そうにしており、風音は苦笑《くしょう》を噛《か》み殺していた。

「ははぁ……」

晴明は得心がいって笑った。

「まぁ、そうだろうなぁ。妖《あやかし》がなんの備えもせずに斎宮に入ったのでは…」

神将たちの目も、そりゃーそうだろう、と一様に告げている。

聖なる守りに包まれた斎宮だ。妖が入って無事でいられるはずがない。彼らが未《いま》だ存在を保っていられるのが不思議だが、どうやら風音が何か策を講じたらしい。

あとは任せますという顔の風音に無言で応じ、晴明は雑鬼たちを手招きした。

「とりあえず、こっちにおいで」

脩子の住まいは特別に守られている内院の中だ。妖にとってはことさらまずい場所だろう。

「玄武、すまんがこれらをわしの住まいへ」

隠形《おんぎょう》していた玄武が顕現《けんげん》し、深々と嘆息《たんそく》して雑鬼たちを引き連れていく。近くには青龍も隠形しているのだが、玄武を選んだのは晴明なりの慈悲《じひ》だった。

中院に移れば少しはもつだろう。あとで何か、神気をはじく呪具《じゅぐ》か何かを与《あた》えなければ。

伊勢詣《もう》でをするのが雑鬼たちの目的のひとつなのだ。妖の身でありながら意気揚々《いきようよう》とわざわざやってきたのだから、かなえてやりたいではないか。

久しぶりに彼らの顔を見たのでなんとはなしにほっとする。たとえ妖であれ、知己《ちき》というのはいいものだ。もっとも、無害であるというのが前提条件ではあるが。

「姫宮《ひめみや》様、晴明これにまかりこしましてございます」

座して一礼する老人に、脩子は勢い込んで口を開いた。

「せいめい、わたし、なにかをみたの」

「は…？」

首を傾《かし》げる晴明に、脩子はまどろっこしそうに手をばたつかせる。

「うみで、みたのよ。こちらのほうからよばれて、いかなければいけないとおもったの」

右側を示す脩子の言葉に、晴明は顎《あご》に手を当てた。風音がそこで口を挟《はさ》む。

「何かに誘《いざな》われるようにして、砂浜《すなはま》を東のかたに向かおうとしていました」

「東……」

晴明も尾野湊に足を運んだことがある。情景を頭の中に描《えが》きながら、考え込んだ。

尾野湊の東。脩子を呼んだ何か。それが、今回の天勅《てんちょく》に関係しているのだろうか。

「姫宮様、どのようなものをご覧になりましたか？」

脩子は少し考え込んだ。

「………わからないわ。まぶしくて、みえないの。でも、てまねきしていたのは、みえたわ」

内親王の言葉を受けて、晴明は思慮《しりょぶか》深い風情《ふぜい》で目を細めた。眩《まぶ》しくて見えない。正体のわからない何かが、脩子を呼んでいる。天啓《てんけい》を曲げて脩子を呼び寄せたものか。

晴明は風音を見た。

「か…、ごほん。雲居殿《どの》は、何か思い当たりますかな？」

風音は首を振る。

「いえ。悪《あ》しきものの気配は、特には」

さもありなん。晴明とて同じだ。脩子にその痕跡《こんせき》が残っていれば、そこから正体を探《さぐ》れたのだが。

脩子は連日禊《みそぎ》をしている。穢《けが》れを徹底的《てっていてき》に取り除いている状態だ。いまの脩子は妖にとって極上《ごくじょう》の獲物《えもの》だろう。

風音もそれを懸念《けねん》しているのだろう。神将たちによれば、風音は脩子のそばを極力離《はな》れず、やむを得ないときは神将たちに護衛を頼《たの》んだそうだ。彼女は何かを感じているのかもしれない。

神の血を引く風音の直感は、時に晴明を凌《しの》ぐものだ。その風音に悟《さと》らせないのだから、敵は相当の力を持っていると見ていいだろう。

気を引き締《し》めなければならない。

改めてそう考えていたところに、彰子が泔坏《ゆするつき》を持って現れた。

「姫宮様、御髪《おぐし》を整えましょう」

湯気の立つ泔坏を脩子の傍《かたわ》らに置き、晴明に一礼する。老人は相好《そうごう》を崩《くず》した。

「潮風は髪《かみ》も肌《はだ》もべたつかせますからなぁ」

覚えがあるのだろう、いやに実感のこもった声音に、彰子は頷《うなず》いて尋《たず》ねてきた。

「お話はまだお済みではないですか？」

「いえ。ちょうど済んだところです。姫宮様。この晴明、少し調べてみますので、姫宮様はお気になさらずどうぞお休みください」

一礼する老人に、脩子は神妙《しんみょう》な面持ちでそろそろと問う。

「わたし……いかなければならないのでは、ないの…？」

あれが自分を呼んだ神であるならば、脩子はそのために来たのだ。

晴明は頭《かぶり》を振《ふ》った。

「いえ。まだどうとも申せません。今宵《こよい》はどうぞお休みくだされ。少しお疲《つか》れになったでしょう？　尾野湊はいかがでございましたかな？」

水を向けると、脩子は目を輝《かがや》かせた。

「きれいだったわ。なみがきらきらしていた。そうだわ、かいをたくさんみつけたの。ふじか、あれをだして」

　彰子は笑って、文台の上に置いた手拭《てぬぐい》の包みを持ってくる。

　晴明の前でそれを広げた脩子は、少し大きめの巻貝を取った。

「これをせいめいにあげるわ」

「よろしいのですか？」

「あげるから、さいおうさまをおすくいして」

　晴明は目を丸くした。そうくるとは。

　しかつめらしく応じる。

「はっ。姫宮様手ずから賜《たまわ》る栄誉《えいよ》と引き換《か》えならば、この晴明、なんとしてでも斎宮をお救いしてご覧に入れましょうとも」

　そして老人は、ふと思いついた顔をした。

「姫宮様、もう幾《いく》つか、この小さめの貝を頂いてもよろしいでしょうか？」

　あまり美しいとは言いがたい見た目の小さな貝を示す晴明に、脩子はきょとんとしながらも了承《りょうしょう》してくれた。

　賜った貝を懐《ふところ》に忍《しの》ばせて、晴明は脩子の許《もと》を退出する。そのあとに、脩子を任せると彰子に言い置いた風音がつづいた。脩子が視《み》たものが気になっているのだろう。

　隠形した六合が脩子の許に残り、太陰と白虎は晴明に従って母屋を抜けていく。

　それを見送った彰子は、潮で少しべたつく脩子の髪を丁寧《ていねい》にすすいだ。

風邪《かぜ》を引かないように、用意したたくさんの手拭で水気をぬぐい、火桶《ひおけ》を引き寄せて熱気で乾《かわ》かす。風将のどちらかに手伝ってもらえばよかったかもしれないと考えながら、できるだけ水気を拭《ぬぐ》い取っていく。

脩子の髪は漆黒《しっこく》で、たっぷりとしている。長ずれば艶《つや》やかな長い髪はさぞかし美しいだろうと思われた。

懐から櫛《くし》を取り出して、あらかた乾いた内親王の髪を丁寧に梳《くしけず》る。椿油《つばきあぶら》を含《ふく》んだ櫛の歯を通すごとに、黒髪《くろかみ》はほどけてさらさらと流れた。

彰子の櫛を見て、脩子は首を傾《かたむ》けた。

「それは、ふじかのくし？」

手を止めて、彰子は目を細めた。

「はい」

「わたしもあるわ。いせにくだるときまったとき、おとうさまがくださったの」

とても大切で、使わずにずっとしまってある。

見せてとせがまれて、彰子は快く櫛を手渡《てわた》した。柘植《つげ》と鼈甲《べっこう》の櫛は、安倍家で世話になりはじめた頃《ころ》に、昌浩が市で買い求めてきてくれたものだ。

もらったばかりの頃は、脩子と同じように大事にしまっていたのだが、しまいこんでいるより使ったほうが道具が喜ぶと物《もの》の怪《け》に言われて、使うようになった。

伊勢に下ると決まったとき、大概《たいがい》のものは斎宮に揃《そろ》っていると伝えられたこともあり、荷物は極力減らした。これは、数少ない持ち物のひとつだ。

「私も、頂いたのです。とても大事にしています」

脩子はその櫛を両手で持ってしげしげと見つめる。彰子はその間に使用済みの手拭をまとめて立ち上がった。

「六合、少しお願い」

隠形《おんぎょう》している神将に一声かけ、泔坏と手拭を片づけに行く。

残された脩子は櫛を引っくり返したりしながらためつすがめつしていた。よく手入れのされた櫛は歯も揃っていて髪のとおりも良かった。藤花が大切にしているからだろう。

足音が近づいてくる。

藤花かと思って振り返ると、命婦《みょうぶ》が姿を見せた。脩子の前に膝《ひざ》をつき、一礼する。

「姫宮様、おいでください」

「え…？」

「斎王が、姫宮様をお呼びにございます」

脩子は目を瞠《みは》った。


片づけを終えた彰子は、戻《もど》ってきた風音と鉢合《はちあ》わせた。そのまま一緒《いっしょ》に母屋《おもや》に戻ると、脩子

の姿がない。

訝《いぶか》るふたりの前に六合が顕現《けんげん》し、命婦が呼びに来たことを伝えた。ことは急を要すると告げられ、脩子はそのまま命婦とともに斎王の許に向かったのだという。

「斎王の居室に入っていったのを見届けて、戻ってきた」

六合の言葉に風音はほっとした顔をする。ここは斎宮の内院だ。何事か生じるようなことはないだろう。

「斎王様は、姫宮《ひめみや》様にどんな御用《ごよう》があるのでしょう…？」

彰子の言葉に風音は首を傾ける。尾野湊に足をのばしたことを聞いて、話を聞こうと思ったのだろうか。あの命婦がよくそれを許したものだと、少しだけ気にかかった。

念のため斎王の居室に向かうと、廂《ひさし》に控《ひか》えていた乳母《めのと》に恭《うやうや》しく止められた。

「斎王はただいま、姫宮様と大切なお話の最中にございます。のちほどお送り申し上げますので、お部屋にてお待ちくださいませ」

そう言われては、引き下がるしかない。雲居は地方豪族《ごうぞく》の娘《むすめ》ということになっている。身分はさほど高いわけではない。乳母や命婦に命じられれば従わざるを得ないのだ。

仕方なく引き返す。脩子が戻ってきたらすぐに休めるように、用意だけしておこうと決めた。

すっかり陽《ひ》は暮れて、舎人《とねり》たちの手で燈籠《とうろう》に火が入り廊《ろう》を照らしている。

その揺《ゆ》れる炎《ほのお》が視界を掠《かす》めて、風音は立ち止まった。

晴明とも話したが、果たして脩子が見たものはなんだったのだろうか。そして、斎王を苦しめているものは。

　多少弱まっているとはいえ、ここは神国伊勢だ。神に仕える斎王の住む斎宮は、神宮《じんぐう》と同じように聖なる守りに包まれている。それを造作もなくすり抜《ぬ》け、斎王にあれほどの苦しみを与《あた》えながら、手がかり一つ残さない。背後にひそんでいるのは、どれほどの魔物《まもの》か。


　夜の帳《とばり》が下りた尾野湊に、幾つかの影《かげ》が舞《ま》い降りた。

　雲に覆《おお》われた空に星はなく、視界は極端《きょくたん》に悪い。打ち寄せる波はまるで雨音のように聞こえるのだった。

「雨の気配が強いな」

　そう呟《つぶや》いたのは、二十代の青年だった。離魂《りこん》の術を使って宿体《しゅくたい》から魂魄《こんぱく》を切り離《はな》した安倍晴明である。宿体は中院の居室にあり、太陰が守っている。

　彼の傍らには十二神将青龍、白虎、玄武の三人が従い、白く泡立《あわだ》つ海を睥睨《へいげい》していた。

「さて、と。東の方角は…」

　脩子が示した右側。海岸線がつづいている。この向こうに何があるのか。

「行ってみるしかないな」

　いまは、それしか手がかりがない。

白虎の風が一同を取り巻き、空に舞い上げる。

雨の匂《にお》いが増していく。これは、そう時を置かずに降りはじめる前兆だろう。

風に乗って空を翔《か》ける。このまま一直線に進めば、海津島に到達《とうたつ》する。

晴明の脳裏《のうり》に海津見宮から訪《おとず》れた神使たちの言葉が甦《よみがえ》った。

天意にそまぬ雨。天御中主神の意にそまぬ雨だ。しかし、天啓《てんけい》は曲げられた。天御中主神は、依代など欲《ほっ》していない。依代を欲したのは別のもので、それが根源神の天啓を捻じ曲げて伝えた。それができるほどの魔物。相当手ごわい敵だろう。

空を翔けていた白虎が、ふいに声を上げる。

「この先には確か、輿玉社《こしたまのやしろ》があったな」

祭神は国津神《くにつかみ》たる猿田彦大神《さるたひこのおおかみ》。天孫瓊々杵尊《てんそんににぎのみこと》を迎《むか》えて邪悪《じゃあく》を祓《はら》いながら案内したところから、道開きの加護があるとされ崇《あが》め奉《たてまつ》られている社だ。

沖合《おきあい》に並ぶ夫婦岩《めおといわ》とそれをつなぐ注連縄《しめなわ》が見える。一同は降下した。社を素通《すどお》りするわけにはいかない。猿田彦大神は伊勢国一の宮にも祀《まつ》られている神格高き神だ。

鳥居をくぐって神域に入った途端《とたん》、晴明は異変に気づいた。

神域全体が、荒々《あらあら》しくも刺々《とげとげ》しい怒《いか》りに満ちている。

さしもの神将たちも息を呑《の》んだ。これは、ただ事ではない。

立ちすくむ晴明は、社の奥に鎮座《ちんざ》する鏡の前に、ゆらゆらとした陽炎《かげろう》が揺れていることに気づいた。

輪郭《りんかく》の整わない白々とした影が生じる。その姿はまばゆい光を発しており、晴明は目を射られて顔を背《そむ》ける。

腕《うで》をかざし、その陰《かげ》でようやくうっすら瞼《まぶた》を開ける。光を発する面《おもて》は判然としない。

晴明は膝をついた。存在が放つ気は、神域を満たしたものを更《さら》に強く、激しく凝縮《ぎょうしゅく》したものだ。晴明の目に映る姿は、彼がこうであろうと思い描《えが》くものを写し取ったものだろう。

神将たちも主《あるじ》に倣《なら》う。これは礼を尽《つ》くさなければならない存在だ。

『――皇家の、姫は』

厳《おごそ》かな神威《しんい》が声音《こわね》となって晴明の耳に突《つ》き刺《さ》さる。青年はこうべをたれた。

「ここには、おられませぬ。――猿田彦大神とお見受け致《いた》します」

返答はない。ならば是《ぜ》であろう。誤っていればただではすまない。

「内親王をこの地に呼ばれたのは、猿田彦大神にございましょうか」

『否《いな》』

晴明は思わず顔を上げた。途端にまばゆい光が視界を焼き、咄嗟《とっさ》に目許《めもと》を手のひらで覆った。

まるで太陽を肉眼で見たときのように、光がしみる。

『姫を呼んだは、我が意にあらず。なれど、ここに招きはした』

ここことは、この神域か。なぜだ。

訝る晴明に、背後に控えていた青龍が、何かに気づいた様子で声を上げた。

「――晴明」

青年は振《ふ》り返らずに式神に心を向ける。青龍は、彼にしては珍《めずら》しく焦燥《しょうそう》した声音でつづけた。

「俺たちは、考え違《ちが》いをしていたのかもしれない」

「なに？」

玄武と白虎が怪訝《けげん》な顔で同胞《どうほう》を黙視《もくし》する。青龍は猿田彦の光に剣呑《けんのん》に眉《まゆ》をひそめる。

「斎宮を脅《おびや》かしているものは、果たして妖《あやかし》か」

思わぬ問いに虚《きょ》をつかれ、晴明は二の句が継《つ》げない。

聖なる伊勢で、神に仕える巫女《みこ》とも言うべき斎宮を苦しめているのだ。それは神に敵対するもの以外にはありえないだろう。敵対ではなくとも、神の意に反するものに違いない。

海津島の地下深くにそびえるという国之常立神を苦しめたのは、人間が無意識に放っていた邪念《じゃねん》だった。妖はそれらの悪意と同列のものだ。怨嗟《えんさ》や憎悪《ぞうお》という負の力が魔物や妖を生み、その力を増大させる。

だから、斎宮を苦しめ、禍《わざわい》をなすものは――――。

そこまで考えた晴明は、突然殴《とつぜんなぐ》られたような衝撃《しょうげき》を受けた。

「…………っ……！」

斎宮の降ろした神の言葉。

天啓は曲げられた。その天は、根源神たる天御中主神。大地の神たる国之常立神を苦しめた雨。それをもたらした雲は空を覆い神国伊勢を穢《けが》し、天照大御神は力を弱められてしまった。

海津見宮の神使が告げた言葉が脳裏をよぎる。

――巫女神は、いわば天照大御神の和魂。和魂が弱まれば均衡《きんこう》が崩《くず》れる晴明の額に冷たい汗《あせ》が伝った。

まさか。

「天啓を曲げたのは、天照大御神、か……!?」

常に斎宮にその神威を及《およ》ぼす太陽神。伊勢内宮の祭神にして、皇家の祖。ならば得心がいく。その神の力がいくら斎王に注がれようと、誰《だれ》も不審《ふしん》などは抱《いだ》かないし、疑いを持つことなどありえない。

晴明は、斎宮に害をなすものを探していたのである。しかし神は斎宮に害をなしているのではない。あくまでも神威なのだ。荒魂《あらみたま》の激しくも強すぎる神威に、人間である斎宮の生身が耐《た》えられなくなっただけ。これでは原因を突き止《と》められないはずだ。

『大日霊女貴尊《おおひるめむちのみこと》が穢れを負った。ゆえに大日霊子貴尊《おおひるこむちのみこと》が猛《たけ》り狂《くる》っている』

猿田彦の声音が低く凄味を増す。

『日霊子《ひるこ》の怒りは凄《すさ》まじい。もはや抑《おさ》えがきかぬ』

と、それに呼応するように、天を覆う厚い雲の彼方《かなた》に白刃《はくじん》が光った。

ついで、怒号《どごう》のような雷鳴《らいめい》が轟《とどろ》く。

ぽつり、ぽつりと、雨粒《あまつぶ》が落ちてくる。瞬《またた》く間に激しさを増したそれは、晴明や神将たちを叩《たた》いた。

それまで沈黙《ちんもく》していた玄武が怪訝そうに口を開く。

「晴明、どういうことだ。天照大御神がなぜ斎宮を苦しめるのだ」

晴明は片手をあげた。視点を変えればすべてが瞬時《しゅんじ》につながる。だが、あまりにも予想を超《こ》えすぎて、衝撃が収まらない。

豪雨《ごうう》の中、晴明は自分の思考を整理するように深呼吸をした。

「神使たちが言っていただろう。巫女神たる天照大御神。巫女神は天照の和魂であると」

自分自身の迂闊《うかつ》さを呪《のろ》う。斎宮を苦しめているものは妖あるいは魔物であろうという先入観が、自分の目を曇《くも》らせていた。

「忘れていた。神は数多《あまた》の名を持ち、一柱の神は同時に幾人《いくたり》もの神なのだということを」

白虎が目を瞠《みは》る。

「天啓を曲げたのは、天照大御神の荒魂？」

苦いものを飲み下しながら、晴明は頷《うなず》いた。

「おそらく。決して地上に降りることのない根源神が姿を変え名を変えることで人々に神威を示す。この国に生きるすべての民《たみ》や皇家の氏神《うじがみ》ではない、天照大御神のもうひとつの顔」

片や、人々から天照大御神と呼ばれ崇め奉られる和魂。巫女神としての役割を持って玉依姫に根源神の意を降ろす神。またの名を大日霊女貴尊。

その対になるのは、天照大御神の荒魂。根源神の意そのものである。またの名を大日霊子貴尊と称《しょう》する。その名のとおり、男性である。

「そもそも皇家というものは、その祖を天照大御神としているだろう。あれは、女神とされる天照大御神を祖としているのではない。天照大御神と呼ばれる一対《いっつい》の神を祖としている」

だからこそ、その直系瓊々杵尊は天孫と呼ばれるのである。

人間が男女に分かれるように、独神《ひとりがみ》と呼ばれる神以外は男女対をなしている。

月読尊《つくよみのみこと》と素戔嗚尊《すさのおのみこと》がいい例だろう。月読尊は素戔嗚尊の和魂、素戔嗚尊は月読尊の荒魂だ。

だから月読尊は女性とされるのである。

天照大御神にはそのような神はいないと言うものもある。月読尊が本来は男性であって天照大御神と対をなすのだと主張する声もある。しかし、そうではない。あまり知られていないが、天照大御神とは対になる二柱の神をさすのである。

晴明は目眩《めまい》を覚えた。

天啓は曲げられた。荒魂たる天照大御神、大日霊子貴尊によって。

斎王恭子を苦しめ、脩子を呼び寄せた理由がわかった気がする。

「なんということだ…」

ふらりとよろめいた晴明を、青龍が無造作に支える。

「晴明、どうした」

濡《ぬ》れて落ちてくる髪《かみ》を忌々《いまいま》しげに掻《か》きあげる。

「大日霊子は…天照の荒魂は、依代を欲《ほっ》しているのではない」

「では、いったい……、っ！」

玄武がさっと青ざめる。白虎も青龍も思い至って息を詰《つ》める。

猿田彦を一瞥《いちべつ》し、晴明は唸《うな》った。

「大日霊子が呼び寄せたのは、依代ではない」

鼓膜《こまく》をつんざくように、雷鳴が轟いた。

「荒魂は血を欲《ほっ》す。姫宮様は、神の怒《いか》りを鎮《しず》めるための人柱だ……！」

5

さしもの晴明も声を荒《あら》げた。

「猿田彦大神よ…！」

身じろぐ神に、晴明は思わず詰め寄りかける。

「なぜ、それを知りながら荒魂を、大日霊子貴尊を野放しにされているのか！」

激しい語気が豪雨の間隙《かんげき》を縫《ぬ》う。

さらに前進しようとする晴明の肩《かた》を青龍が摑《つか》んだ。

「待て、晴明」

「止めるな宵藍！」

ぎっと神将を睨《にら》む晴明に、玄武が言い募《つの》る。

「落ちつくのだ晴明。猿田彦大神は、内親王をここへ招いたのだ。この、猿田彦大神の領域に」

晴明がはっと目を見開く。青龍が目を細める。

「国津神の領域には、たとえ天照といえどおいそれと手出しはできん」

そこに、国津神の荘厳《そうごん》な声音《こわね》が割って入る。

『大日霊子はもはや鎮まらぬ。新たな雨を呼び、禍《わざわい》も穢れも一掃《いっそう》せんと、猛り狂っているのだ』

一層激しさを増す雨雲を仰《あお》いで、高天原《たかまのはら》から降臨した天孫を国津神の代表として出迎《でむか》えたとされる神は、その声音に沈鬱《ちんうつ》な響《ひび》きを含《ふく》ませた。

『これまでかろうじてそれを阻《はば》んできたが、大日霊女がこの世から隠《かく》れてしまっては、それもかなわぬ』

晴明は絶句する。だから猿田彦は、脩子をここへ招いたのか。人柱とさせないために。

そうして気づく。すぐさま脩子を守らなければ。

晴明は白虎を顧《かえり》みた。

「姫宮様をここへ。一刻も早く…」

『遅《おそ》い』

国津神が短く切り捨てる。

視線を向ける一同に、猿田彦大神は淡々《たんたん》と告げた。

『姫は既《すで》に大日霊子の手の内。もはやこの世にあらず』

晴明は耳を疑った。

「な…に…!?」

◆　◆　◆

突然《とつぜん》降り出した雨はますます激しくなり、ひっきりなしに響く雷鳴《らいめい》が天を割るかのようだった。駆《か》け抜《ぬ》ける稲光《いなびかり》は白刃《はくじん》。まるで天が猛《たけ》り狂《くる》っているようだ。

燈台《とうだい》の明かりが揺《ゆ》れる。雷号《らいごう》があるたびに身をすくませる彰子に、風音が少し笑った。

「怖《こわ》い？」

「いえ……いえ、……少し」

咄嗟《とっさ》に首を振《ふ》ったが、ばりばりと鳴った音にびくりと震《ふる》えて正直に告白する。本当は少しどころではない。

「雲居様は、怖ろしくありませんか？」

恐々と尋《たず》ねる彰子に、風音は僅《わず》かに目を伏《ふ》せる。

「そうね……。子どもの頃《ころ》は、怖かった気もするけれど……」

いくら怖いと訴《うった》えても、その声を聞き届けてくれる者はおらず、寄り添《そ》ってくれる者もおらず。そうしていつか、怖いという感情がどこかに行ってしまった。

いつも双頭《そうとう》の鴉《からす》がいてくれたが、言葉を発せたわけではない。しかし、慰《なぐさ》めるようなそのぬくもりがかすかな救いだったのは確かだ。

すがれる手があれば、また違《ちが》っていただろう。怖いと思えるのは、甘えられる存在がいてこそなのだ。

ふいに、六合が顕現《けんげん》した。黄褐色《おうかっしょく》の双眸《そうぼう》が、黙然《もくぜん》と風音を見つめる。

「……もう、大丈夫《だいじょうぶ》なのよ」

それだけ告げると、なんともいえない様子で風音はうつむいた。額に指を当てて様々な感情がない交ぜになった表情を浮《う》かべる。そして、誤魔化《ごまか》すように立ち上がった。

「姫宮《ひめみや》を見てくるわ。こんな空模様では、きっと心細いでしょうし」

袿《うちぎ》の裾《すそ》を捌《さば》いて斎王の居室に向かう風音を見送った彰子は、六合を顧みた。

「斎王様のご病気の原因は、晴明様もまだおわかりではないの？」

六合は無言で首肯《しゅこう》した。彰子は嘆息《たんそく》する。

もしかして、今夜脩子が居室に呼ばれたのは、斎王の役目にまつわることなのではないだろうか。

自分に何ができるだろう。

手を握《にぎ》り合わせて真剣《しんけん》に思案していた彰子の耳に、明るい呼びかけが届いた。

「おっひめー」

「おっひめー」

「おっひめー」

見れば、大きな里芋《さといも》の葉をさした雑鬼たちが雨の中を跳《は》ねるようにしてやってくる。

簀子《すのこ》に上がろうとした雑鬼たちは、しかし六合に止められた。そのまま上がり込むと簀子や廂《ひさし》が濡《ぬ》れてしまう。

不満そうに口を尖《とが》らせながら文句を言う雑鬼たちに、彰子が手拭《てぬぐい》を出してやった。

「さすがお姫、気がきくぜ」

濡れた足を拭《ふ》いて上がってきた猿鬼に、彰子は首を傾《かたむ》けた。

「どうしたの？」

「これ見てくれよ。晴明がくれたんだ」

誇《ほこ》らしげに示す猿鬼の首には、紐《ひも》を通した小さな貝殻《かいがら》が下がっていた。同じように胸を張る一つ鬼と竜鬼の首にも同じものがある。

「これつけてると、平気なんだぜ」

「伊勢詣《もう》でにも行ける」

「お姫も一緒《いっしょ》に行こうな」

きゃいきゃいとはしゃぐ雑鬼に彰子は苦笑《くしょう》する。そこまでして神宮に詣でたいとは。

「確か斎王が病気なんだよな」

「じゃああのちっこい姫宮が代わりなのか」

「でも熱心だよなぁ。こんな雨なのに……」

雑鬼たちの会話をほほえましく聞いていた彰子は目を見開いた。

六合が反射的に腰《こし》を浮かし、音もなく飛び出していく。

それに驚《おどろ》いた雑鬼たちが不安そうに彰子を見上げた。

「お姫。式神はどうしたんだ…？」

彰子は一つ鬼を持ち上げた。

「姫宮様が、どうしたの？　あなたたち、なにを見たの？」

三匹《びき》は困惑《こんわく》したように互《たが》いの顔を見合わせた。


斎王の居室の前で、風音は命婦《みょうぶ》と押し問答をしていた。

「斎王様はお休みであらせられます。雲居殿《どの》、お下がりなさい」

「ならばなおのこと、姫宮様がおそばにあってはお疲《つか》れになりましょう」

「姫宮様は良いのです。御神託《ごしんたく》が……」

命婦ははっとして押し黙《だま》る。顔が強張《こわば》る。明らかに、口を滑《すべ》らせたという体《てい》だった。

風音の胸の奥が跳ね上がった。

「命婦殿、いま、なんと」

初老にさしかかった命婦は、目を泳がせた。風音の目つきが豹変《ひょうへん》する。

「お答えください。御神託とはなんですか」

彼女の、歳に似合わぬ気迫《きはく》と氷刃《ひょうじん》のような眼差《まなざ》しに、命婦はたじろいだ。無意識に足を引く命婦に風音は詰《つ》め寄る。

「姫宮様をお返しください、いますぐに！」

その迫力《はくりょく》に完全に呑《の》まれた命婦が二の句を継《つ》げないでいると、六合が駆けつけてきた。

「風音！」

無関係のものの前では滅多《めった》に顕現しない十二神将が姿をさらしている。その表情から何かを察した風音は、やおら刀印《とういん》を組み命婦の額を突《つ》いた。

「…っ」

命婦は声ひとつ上げずにくずおれる。それを寸前で六合が支え、壁《かべ》にもたせかけた。

「風音」

語気に非難の響きがある。

「眠《ねむ》らせただけよ。相手をしている暇《ひま》がない」

ぞんざいに答えながらいままで一度も入室を許されなかった斎王の居室に足を踏《ふ》み入れた瞬《しゅん》間《かん》、風音の全身がざっと総毛立った。

凄《すさ》まじい気に満ち満ちている。

「なに、これは…！」

戦慄《せんりつ》が背筋を駆け下りる。斎王の居室はことのほか強い守りが施《ほどこ》されているのだ。悪《あ》しきものは手出しできない。

これは悪しきものではない。妖《あやかし》でも魔物《まもの》でもない。これほどの神気に触《ふ》れて、それらが無事であるはずがない。

風音はこれまで斎王と対面したことがなかった。彼女はあくまでも脩子の女房《にょうぼう》だ。斎王は俗《ぞく》世《せ》とかかわりを持たないことが求められる。帝《みかど》の直系である脩子ならまだしも、そのお付の女房には対面など許されない。晴明が許されたのは特例だ。

御帳台《みちょうだい》の中で病臥《びょうが》している斎王は、息が詰まるほど濃密《のうみつ》な気配に包まれていた。ぴりぴりと肌《はだ》を刺《さ》すような激しさと押し潰《つぶ》されそうな重さ。これを、風音は知っている。

「……荒魂《あらみたま》…だれの？」

思わず呟《つぶや》くが、すぐに思い至る。

斎王は天照大御神の神意を降ろすのだ。神につながる巫女《みこ》。これは天照大御神の神気以外にありえない。

風音は額を押さえた。

「つまり……斎王を苦しめていたのは、天照ということ…⁉」

そう考えれば辻褄《つじつま》が合う。晴明がいくら修祓《しゅうばつ》を行い平癒《へいゆ》の禁厭《まじない》を施そうと、神意を取り去ることはできないだろう。妖の血を引いているとはいえど、あくまでも人間である晴明の霊力《れいりょく》が高天原の最高神に勝てるはずがない。

そして、斎宮に満ちた神気がどれほど強まろうと、誰《だれ》ひとりとして不審《ふしん》には思わない。

「姫宮は、どこ」

顔色を変える風音の腕《うで》を六合が摑《つか》んだ。

「雑鬼たちが、気になることを言っていた。おそらくこの雨の中、いずこかに連れて行かれ青ざめる風音の耳に、そのとき弱々しい声が届いた。

「……神が……お隠《かく》れ、に……」

ふたりは視線を滑らせた。御帳台に横たわる斎王が、目を閉じたまま喘《あえ》いでいる。

「斎王？」

片膝《かたひざ》をついて耳をそばだてると、恭子は苦しい息の下でうわごとのように繰《く》り返した。

「……お隠れ……に……ひかり…が……消え……」

神が、隠れた。光が消える。それは、何かに似ていないか。

空を覆《おお》い陽《ひ》の光をさえぎる雲。突如《とつじょ》として降り出した雨と激しい雷《かみなり》。雷は神の怒《いか》り。

怒《いか》れる神は天照大御神か。なぜ。

斎王を包んで捉《とら》えているかのような激しい神気。荒魂の波動。

唐突《とうとつ》に、すべてが一本につながった。風音の胸の奥がすうっと冷たくなる。

「……まさか…大日霊子貴尊…」

天照大御神の荒魂。和魂大日霊女貴尊と対《つい》をなし、天照大御神と呼ばれる神。

遥《はる》かな神代《かみよ》、天照大御神は素戔嗚尊の乱暴狼藉《ろうぜき》に耐《た》えかねて、天岩戸《あまのいわと》の奥に隠れてしまった。

太陽神が隠れてしまったために世界は闇《やみ》に包まれ、魔物が跋扈《ばっこ》し疫病《えきびょう》が蔓延《まんえん》した。

神々はそれを憂《うれ》い、天照大御神を天岩戸から誘《さそ》い出すための策を講じた。

「……天照が隠れるのは、天岩戸…」

呟いて、風音は立ち上がった。いまにも飛び出していきそうな風音の腕を六合が捉える。

「心当たりは」

風音は視線を彷徨《さまよ》わせる。ここは人界だ。話に聞いた天岩戸は高天原のもの。人界に相応する場所はあるのか。

そこに、雑鬼たちとともに彰子が飛び込んできた。

「雲居様、六合」

振り返るふたりに、雑鬼が口々に言い募《つの》る。

「なんか、あまのいわとがどーのとか、姫宮《ひめみや》と一緒にいた男どもが言ってたぞ」

「磯部の奥宮とかなんとか」

「神域がうんたらとかで、あっちのほうに馬に乗ってった！」

どうやら脩子は、数人の男たちとともに馬で東方に消えていったという。

すばやく思案をめぐらせていた風音の脳裏《のうり》に稲妻《いなずま》が駆《か》け抜《ぬ》ける。

「――磯部の、天岩戸」

怪訝《けげん》そうな六合を見上げて、風音は早口で言った。

「そう呼ばれている場所があったはず。磯部の山中、神水が湧《わ》いているとか」

磯部氏の者がわざわざ連れ去ったのならば、彼らにゆかりの地である可能性が高い。

「ありがとう雑鬼たち」

三匹の頭をぽんぽんと軽く叩《たた》いて、風音は身を翻《ひるがえ》す。六合は彰子を見やった。

「決して内院から出るな。俺たちが戻《もど》るまで」

青ざめた彰子は無言で頷《うなず》く。六合はそのまま風音のあとを追う。

一つ鬼を抱《かか》え込んだまま、彰子は唇《くちびる》をきゅっと引き結んだ。

いったい何が起こっているのだろう。なぜ神職たちは脩子を連れ出したのだろう。

風音と六合の表情を見れば、尋常《じんじょう》ならざる事態であることは察しがつく。

「……姫宮様…」

なのに、ああ、やはり。いつもいつも、自分は結局何もできない。

泣きそうに顔を歪《ゆが》める彰子に、廊で正体をなくしている命婦を室内に引きずってきた猿鬼が不思議そうな顔を向けた。

「お姫、泣いてるのか」

「らしくないぞ」

そうつづけたのは竜鬼で、腕の中の一つ鬼もそうだそうだと合いの手を入れる。

「待つのがお姫の仕事じゃないか」

思いがけない言葉に、彰子は目を見開く。

「え……？」

「だってそうだろ。昌浩はいつも、お姫が待ってるから早く帰るんだって言うぞ」

「姫宮だって、お姫のいるところに帰ってくるんじゃないのかよ」

「待ってる人がいなかったら、かなり寂《さび》しいもんなぁ」

そうだそうだと、全員が全員の言うことに頷く。

彰子は何度か瞬《まばた》きをして、ゆるゆる口を開いた。

「……そうね。姫宮様がお戻りになったときのために、用意をしておかなくちゃ」

雨の中を連れ出されたのだ。戻る頃《ころ》には冷え切っているだろう。

目を閉じて深呼吸をする。振り切るように顔を上げて、踵《きびす》を返した。

「あなたたち、手伝って」

三匹《びき》はからりと笑って応じた。

「おうとも！」


内院を出たときにはぱらぱらと降っているだけだった雨は、いつしか豪雨《ごうう》となっていた。

叩きつけるような雨の中、神職の腕に抱《だ》かれた脩子が目を固く閉じている。

息ができないほどの雨だった。抱えられていても、気を抜いたら馬上から滑《すべ》り落ちそうな気がする。

神が乞《こ》うているのだと告げられて、そのまま内院を出た。

何も言わずにきてしまったから、風音や藤花が案じているかもしれない。帰ったら、謝らなければ。きっと風音はひどく心配しているだろうと思うと、胸の奥が痛んだ。

藤花にはもうひとつ謝ることがある。彼女の櫛《くし》を持ったまま来てしまったのだ。大事なものだと思う。帰ったらちゃんと返さなければ。

森の中の獣道《けものみち》のように細い道を馬は疾走《しっそう》する。数頭の馬が列をなして駆けていくのを、木陰《こかげ》の小動物が驚《おどろ》いて見ている。

先頭と最後尾《さいこうび》の騎手《きしゅ》は片手に松明《たいまつ》を持っていた。雨の中なのに火が消えないのがとても不思議だった。

どこまで行くのだろう。

脩子はふいに不安になった。神宮《じんぐう》に行くのではなかったのか。神が呼んでいるのだから神宮だと思ったのだが、考え違《ちが》いをしていたのかもしれない。

だが、どこに向かっているのかをどうしても問えない。神職たちは鬼気《きき》迫《せま》る顔で前方を睨《にら》んでいる。声をかけられない雰囲気《ふんいき》があった。

振り落とされないよう神職の腕にしがみつきながら、脩子はぶるりと身を震《ふる》わせた。

◆　◆　◆

祭殿《さいでん》の間に座していた斎は、静かに瞼《まぶた》を上げた。

「…………巫女神《みこがみ》が、完全に隠れてしまった」

篝火《かがりび》と結界の向こうに控《ひか》えていた益荒と阿曇が姿勢を正す。

彼らの許《もと》に戻り、当代の玉依姫は三柱鳥居を肩越《かたご》しに振り返った。

「太陽神が隠れては、この世が闇に覆われる」

かろうじて聞き取れた神の言葉は、警告を示していた。

「益荒、阿曇」

「はっ」

応じる神使たちに、鋭《するど》く命じる。

「天勅《てんちょく》だ。天岩戸の奥に隠れた巫女神を、なんとしてもこの世に連れ戻せ」

「御意《ぎょい》」

神使は即座《そくざ》に身を翻した。疾風《しっぷう》のように石段を駆け上がっていくふたりを見送る斎は、それと入れ違いに降りてくる人影《ひとかげ》に気づいた。

磯部守直である。

松明を手にしていた守直は、斎を見つけて破顔する。対する斎は奇妙《きみょう》にしゃちこばった様子で唇を引き結んだ。

「そろそろ祈《いの》りのすんだ頃だと思って、迎《むか》えに来たよ」

そう言って、守直は気遣《きづか》うようにつづけた。

「……それとも、まだだったかな。だったらここで控えているから…」

斎はうつむき加減でふるふると首を振《ふ》った。守直は安堵《あんど》したように息をつく。

「そうか。ならいいんだが」

守直は神職である磯部の血を引いているが、神の声は聴《き》き取れない。彼にできるのは日々感謝を捧《ささ》げ祈《き》念《ねん》をするだけだ。

何を祈念するのかと斎は一度守直に問うたことがある。彼は答えてくれた。

玉依姫の静かな眠《ねむ》りと、斎が健《すこ》やかであるように。

それを聴いたとき、斎は何も言えずに顔を背《そむ》けてしまった。あとになって、怒《おこ》らせてしまったのではないかとひどく心配になったが、それでもやはり何も言えなかった。

益荒や阿曇がいないと、何を言えばいいのかがわからずひたすら沈黙《ちんもく》することになる。努力はしているのだが、未《いま》だに慣れない。

一方の守直は、突然《とつぜん》存在を知らされた実の娘《むすめ》に、最初は驚いたが、それ以上に喜んでいた。愛した姫の忘れ形見だ。嬉《うれ》しくないはずがない。玉依姫がその命を縮めてまで産んでくれた子どもだ。姫亡きいまどんなことがあっても守り抜くと心に決めて、すべての役目を返上し、この海津島に移り住んだのである。

島の度会氏たちのあたりはあまり柔《やわ》らかくはないが、益荒と阿曇がさりげなくかばってくれることもあり、最近は軋轢《あつれき》も生じなくなっていた。

「ところで、益荒と阿曇はどこに？」

怪訝そうにする守直に、斎はうつむいたまま答えた。

「我が君の天勅があって、………巫女神を……、………」

どういったものか思案の挙げ句に言葉に窮《きゅう》し、斎は眉間《みけん》にしわを寄せる。守直は手を振った。

「ああ、言えないことならば言わなくていい。神のお指図で出かけたなら、彼らが戻るまでは私がお前の護衛役を務めよう」

そして守直は、自嘲《じちょう》気味に付け加える。

「もっとも、あまり役には立てないだろうが……」

斎ははじかれたように顔を上げた。

「そんな、ことは……」

守直と視線がかち合う。斎は逃《に》げ出したいような気分になりながら、目を泳がせつつも精《せい》いっぱいの勇気を振り絞《しぼ》った。

「と…とう、さまが、いてくださるのは……嬉しい」

なんとか言い切って、たまらず下を向く。ずっと呼べなかったのを、ようやく口にできた。

全力を振り絞った。全霊《ぜんれい》で祈るより疲労《ひろう》した気がする。

指の先が震える。極度に緊張《きんちょう》していたのだと、自覚した。

その指を、守直がそっと握《にぎ》った。

「行こうか、斎」

穏《おだ》やかに促《うなが》されて、斎はどうしてだか泣きたいような気分で、黙《だま》ってこくりと頷いた。

6

どれほど時間がたったのか、もう感覚がない。

冷え切ってかたかたと震えていた脩子は、神職たちが馬を止めて何か会話しているのを聞いた。朦朧《もうろう》としている頭ではよく理解できなかったが、いわと、という言葉だけは聞き取れた。

馬から下ろされ、抱《だ》きかかえられたまま森の奥に入っていく。

激しい雨なのに松明は赤々と燃えており、それがときおり青白い火花を散らす。

やがて、松明に照らされて、小さな鳥居が見えた。

ざあざあと降る雨の中に現れた鳥居は木製で古そうだ。鳥居をくぐる前に神職たちはみな一礼したが、脩子は寒さで体がうまく動かせなかった。

男たちは川のようになっている坂道をのぼっていく。

雨が降る。その音が、いつか聞いた波の音に似ていると思った。

あの島で会った少女はどうしているだろう。唐突《とうとつ》によぎった面差《おもざ》しが、とても険しい表情をしていた。

うつらうつらとしていた脩子は、慌《あわ》てて目を開けた。しゃんとしなければいけない。

暗闇《くらやみ》の中、男たちが立ち止まる。脩子はようやく降ろされた。

足首まで水につかり、その流れに足を取られそうだ。脩子は足に力をこめた。

「姫宮様《ひめみや》」

顔を上げると、神職たちは真剣《しんけん》な面持ちで一斉《いっせい》に片膝《かたひざ》をついた。

「天勅に従い、姫宮様をこちらにお連れ申し上げました。ですが、我々の役目はここまで」

脩子は黙ってそれを聞く。神職たちは脩子に害意を持っているのではないのだ。

「どうすれば、いいの」

「あちらにあります穴を」

示されるままに振り返れば、岩肌《いわはだ》にぽっかりと黒い穴があいていた。穴の横には大きな岩があり、いまにも倒《たお》れそうだ。

穴の奥には湧《わ》き水があるのか小さな川のようになっており、雨水で嵩《かさ》の増した流れは速く、にごっていた。

「どうぞ、あの奥に」

「それで、なにをするの？」

「我々が下された勅命《ちょくめい》は、姫宮様をお連れして案内《あない》せよということのみにございます」

「おそらくは、のちほど姫宮様ご自身に天勅が下りましょう」

脩子は息を詰《つ》めた。暗く、奥のまったく見えない穴。あの中に入る。

両手をぐっと握り締《し》めて、脩子は足を踏《ふ》み出した。

流れに足を取られそうになりながら進む脩子を、神職たちは無言で見送る。

中はまったくの闇《やみ》で、岩壁《いわかべ》に手をついてそろそろと進む脩子は、心の中で何度も繰《く》り返していた。

おかあさま。おかあさま。おかあさま。

かみさまに、おかあさまをげんきにしていただくの。おなかのいもうとかおとうとも、すこやかにうまれてくるように。わたしがおやくめをはたせば、きっとききとどけてくださる。だから。

おかあさま――――。

ざあざあと叩《たた》きつけてくる雨の中、膝《ひざ》をついた神職たちは、脩子の姿が完全に闇に隠《かく》されると、おもむろに立ち上がった。

全員で穴の横にある岩に手をかけ、渾身《こんしん》の力で押す。雨でゆるんだ土は柔らかく、岩はずるずると動いて穴をふさいだ。

そこに、用意していた注連縄《しめなわ》をかける。

一連の作業を終えた神職たちは岩を前に膝をつくと、拍手《かしわで》を打って祭文を唱えた。

「謹《つつし》んで勧請《かんじようたてまつ》奉る。あれなるは天照坐皇大御神《あまてらしますすめおおみかみ》の依代。天照坐皇大御神大日霊子貴尊の御力をもって、大日霊女貴尊の尊き御身《おんみ》を現世《うつしよ》に還《かえ》し給《たも》う……」

と、岩にかけられた注連縄にいてつくような神気がまといつき、びしりと音を立てて岩に食い込んだ。

ほのかに発光する注連縄は、穴と岩の隙間《すきま》を完全にふさぐ。それまで流れていた水も完全にせき止められた。

神職たちは、色を失った白い面《おもて》でそれを凝視《ぎょうし》していた。岩にふさがれた穴の奥でいったい何が起こるのか。せき止められて逃げ場のなくなった湧き水は。

隠れてしまった天照大御神は、果たして本当に現世に戻《もど》ってくるのか。

すべては神意にゆだねられた。人間たちにはもうなす術《すべ》がない。彼らには、もはや待つことしかできない。

川のようになっている地面に座したまま、神職たちは微動《びどう》だにすることなく岩を凝視しつづけた。


猿田彦大神の社を辞した晴明一行は、白虎の風で伊勢の禁域に急いでいた。

豪雨《ごうう》が叩きつけるようで、視界を不明瞭《ふめいりょう》なものにする。まるで狙《ねら》われているように、すれすれのところを稲妻《いなずま》が駆《か》け抜《ぬ》ける。

「どう考えても狙い定められているように思えるのだが……」

強張《こわば》った顔で呟《つぶや》いたのは玄武で、晴明は答えなかった。おそらく神の怒《いか》りはこちらにも向いている。

巫女神日霊女の穢《けが》れを祓《はら》わなかった。おそらく日霊子はそこに激しているのだ。

誰《だれ》ひとりとしてそこに思い至らなかった。気づきもしなかった。斎宮の病という形で神意が示されていたにもかかわらず、みなが思い違《ちが》いをしていた。

「だが、たとえそうでも、それはただの言いがかりだ」

そう唸《うな》るのは青龍で、晴明はこれにも答えない。へたに同意して日霊子の耳に入ったら、完全に祟《たた》られる。高天原の最高神、その荒魂《あらみたま》に祟られるなど、考えるだけでも恐《おそ》ろしい。どのような目に遭《あ》うのか想像もつかない。いっそ笑えるほどに度を越《こ》している。

彼らが向かうのは、神宮の森の奥深く。誰も立ち入ることのできない禁域だ。

大日霊子貴尊は、内宮の荒魂宮《あらみたまのみや》ではなく禁域の奥深くに鎮座《ちんざ》ましましているのだと、猿田彦大神に教えられた。

天孫降臨以前、猿田彦大神は太陽神として祀《まつ》られていた。邪念《じゃねん》の雨に穢されて天照大御神の力が削《そ》がれてからというもの、伊勢を守るために全力を注いでいたのだという。

晴明は思う。

猿田彦は国津神。国の柱たる国之常立神ともつながりが深い。猿田彦自身の力も相当削がれていたのではないだろうか。

にもかかわらず伊勢を守るために尽力《じんりょく》し、脩子の命を取らせまいと心を砕《くだ》いてくれていたのだから、頭が下がる。

脩子を人柱に欲《ほっ》する荒魂日霊子は、一般《いっぱん》的に蛭子《えびす》神《しん》と呼ばれる。記紀では、不完全な姿で生まれてしまったので海に流されたことになっている。そこで蛭子の名は神話から消えた。

記紀は必ずしも真実を伝えているわけではない。

高天原の最高神、すべてに恵《めぐ》みの光を注ぐ至高の太陽神天照大御神。それは裏を返せば、ほかのどんな神もかなわないということだ。強すぎる力は恐れを生む。

ゆえに、天照大御神の陰《かげ》に大日霊子の名を隠した。大日霊女貴尊を強調し、天照大御神は女神であるとすることで、大日霊子の猛々《たけだけ》しさを抑《おさ》えたのではないだろうか。

すべての民《たみ》に真実が伝わるわけではない。伝えられた一握《ひとにぎ》りの者が正しい神祀りをすればいい。

事実、大日霊女貴尊とともに、大日霊子貴尊も伊勢と皇家を加護しつづけてきた。正しく祀りが行われていた証《あかし》だ。

大日霊女に何事もなければ大日霊子は静かに眠《ねむ》っている。大日霊子が目覚めるのは大日霊女に何事かの禍《わざわい》がなされたとき。

それがいまだ。

「晴明、どのあたりだ」

神気の風で極力雨を弾《はじ》く白虎が禁域の森を示す。

「もっとも苛烈《かれつ》な神気に満ちた場所だ。これから探す」

刀印を組んで指先を額につける。目を閉じて意識を集中し、激しく荒《あら》ぶる神気を探《さぐ》る。

雨足がますます強くなっていく。まるで礫《つぶて》のようだ。

しばらくして、晴明は忌々《いまいま》しげに舌打ちをした。

「晴明？」

青龍が怪訝《けげん》に眉《まゆ》をひそめる。晴明は剣呑《けんのん》に唸った。

「伊勢の結界で、中の様子が摑《つか》めない」

何重にも神域を取り囲んでいる神の力が、晴明の霊力《れいりょく》を完璧《かんぺき》に遮断《しゃだん》する。

こうなったら飛び込むしかない。神域の中に入ればどうにかなるだろう。

「だが晴明、禁域は人間が立ち入ってはならないという掟《おきて》があるのではないか」

懸念《けねん》する玄武に、晴明は顔を歪《ゆが》めた。

「……生身ではないから、問題ないと思うことにしよう」

「そういう問題か」

低く吐《は》き捨てたのは青龍で、白虎と玄武は複雑な面持ちで主《あるじ》を見つめる。晴明は皮肉げに笑った。

「幸いにして、伊勢に入ってからというもの禊《みそぎ》を日課にしていたからな。宿体の浄化《じょうか》は魂魄《こんぱく》にも及《およ》ぶ。神の御許《おんもと》に参じる資格はあるだろう」

白虎は嘆息《たんそく》した。こうなったら晴明は譲《ゆず》らない。

「禁域は結界だけでなく、日霊子の眷族《けんぞく》にも守られているはずだ。宵藍、白虎」

ふたりが黙然《もくぜん》と視線を注ぐ。

「絶対に傷をつけるな。叩きのめすなど言語道断。未来永劫祟《みらいえいごうたた》られるぞ」

青龍と白虎が心の底から嫌《いや》な顔をした。神の末席が最高神に祟られる。まったく笑えない。

「玄武はできるだけ雨を弾いてくれ。雨で視界が狭《せば》まる」

「心得た」

玄武が短く応じる。それを合図にして、一同は伊勢を囲む結界に飛び込んだ。


几帳《きちょう》の陰で女房装束《にょうぼうしょうぞく》を脱《ぬ》ぎ、久しぶりに丈《たけ》の短い衣《ころも》に身を包んだ風音は、手早く髪《かみ》を結《ゆ》い上げた。

さすがに武器は用意してきていない。こんなことならこの衣装と一緒《いっしょ》に短刀のひとつも忍《しの》ばせてくるのだった。

不手際《ふてぎわ》を呪《のろ》いながら几帳の陰から出ると、六合がちょうど戻ってきた。太陰を伴《ともな》っている。

風音は目を瞠《みは》った。

「太陰は、晴明殿《どの》の宿体についているのではなかったの？」

「そうなのよね。だから、竜巻《たつまき》に乗せて送るくらいしかできないんだけど、六合がそれでいいって言うから」

風音は六合をまじまじと見た。寡黙《かもく》な闘将《とうしょう》は淡々《たんたん》と言ってのける。

「非常事態だ」

風将太陰の風がいかなるものか、六合も風音も知っている。できることなら避《さ》けたいところだが、もっとも速く移動できる手段であることも事実だ。

「いいならいくわよ。いま雑鬼どもが晴明のところにいるんだけど、さすがにあんまり離《はな》れたくない」

庭先で腕《うで》をぶんぶん振《ふ》り回し、雨を弾きながら気流の渦《うず》を作り出す。瞬《また》く間に膨《ふく》れ上がったそれは、神気のうねりと相まって飛沫《しぶき》を散らしながら逆巻く。

太陰は風音を振り返った。

「言っておくけど、わたしだって本音は飛んで行きたいのよ」

「わかってるわ」

「なら、いいわ。ちゃんと内親王を連れ帰ってきて」

晴明が戻ってくれば、入れ違いに駆けつける。いまは動けない。もどかしくて歯がゆいが仕方がない。晴明の宿体を守るのがいまの太陰の役目だ。

突風《とっぷう》が風音と六合を取り巻き、瞬時《しゅんじ》に翔《か》けあがる。雨できかない視界の中で、ふたりの姿はすぐに見えなくなった。

太陰は不機嫌《ふきげん》そうに唇《くちびる》を噛《か》んだ。国之常立神を解放したことで、全部終わったと思っていたのに。

様々なことが絡《から》み合って、原因がひとつではなくなっていた。どれかひとつでも取りこぼせば、新しい問題が生じる。

全部がつながっている。何かがどこかで波紋《はもん》を引き起こす。

「本当に、気に入らない」

原因がわかれば疑問は氷解した。神が神の天啓《てんけい》を曲げた。魔物《まもの》にはできないが神同士ならそれは起こりうる。

問題なのは、荒魂の特性だ。風音も六合も、そしてもちろん太陰も、あえて口にはしない。

彰子が心配している。雑鬼たちがしきりに俺たちが励《はげ》ましてやらなきゃと言っていた。

荒魂は血を欲す。脩子が呼び寄せられた理由は十中八九それだ。

◆　◆　◆

神域に入った晴明たちは、木々の生《お》い茂《しげ》る森に降り立った。

神宮の禁域は神が降臨する斎庭《ゆにわ》。そのいずこかに厳《いつ》の磐境《いわさか》と呼ばれる場がある。そこにさすがに空から降りるというわけにはいかないだろう。

禁域に侵入《しんにゅう》したのだから、あとでそのことについての許しも神に請《こ》わねばならない。

「晴明、あれを」

玄武が示す先を見た晴明は、木々の向こうに白い鹿《しか》の群れがいるのを認めた。

全身純白で、晴明たちを睥睨《へいげい》する双眸《そうぼう》も白。ただの鹿でないことは明白だ。

ひときわ角の立派な鹿が前足を進める。それに倣《なら》って、群れが一斉《いっせい》に進行する。

晴明は思わず足を引いた。鹿の放つ気配は、神域に満ちた気配を更《さら》に刺々《とげとげ》しくしたものだった。これは紛《まぎ》れもなく、荒魂大日霊子の眷属《けんぞく》。

突進《とっしん》してくる鹿たちの前に青龍が立ちはだかる。その全身から神気が迸《ほとばし》ったのを見て、晴明は叫《さけ》んだ。

「よせ、宵藍！」

青龍は掲《かか》げた手のひらにためた神気を、大地めがけて思い切り叩《たた》きつけた。

鹿たちの行く手が撥《は》ね上がった土砂《どしゃ》で阻《はば》まれる。神気のうねりで吹《ふ》き飛ばされた鹿たちは四方八方に散っていく。

叩きつける雨が土砂をすぐさま洗い流し、大きくえぐれた箇所《かしょ》に注がれた。

「傷は負わせていない」

平然と言ってのける青龍に、晴明は呆然《ぼうぜん》と呟《つぶや》いた。

「……確かに、傷はつけていない、が……」

禁域を荒《あ》らしたことにはなる。果たしてこれは、神にとって許容範囲《はんい》内だろうか。怒《いか》れる荒魂が許してくれるとは到底《とうてい》思えないのだが、いまそれを談じても埒《らち》が明かないので、晴明は頭を切り替《か》えた。

神気を探る。神威《しんい》が強いほうを目指せば日霊子の許《もと》にたどり着けるはず。

ごうごうという音を立てて、雨と風が晴明たちを打ち据《す》える。雷号の轟《とどろ》きとともにあちらこちらに稲妻《いなずま》が落とされて、ときには晴明の肩《かた》すれすれを掠《かす》めていく。

威嚇《いかく》だ。神が本気なら、今頃《いまごろ》晴明はこの世にいない。神の祟《たた》りは瞬殺《しゅんさつ》なのだ。

禁域の森は広大だ。急がなければ。

駆《か》け出す晴明の腕を白虎が摑む。同時に神将たちは神足で走り出す。彼らの足には到底追いつけない。晴明は半ば引きずられるように疾走《しっそう》する。

雨はますます激しくなっていく。

ただ、出雲の雨と違《ちが》うのは、その中に穢《けが》れが一切《いっさい》ないということだ。ただ、これは怒《いか》りの雨だ。触《ふ》れているだけで胸の奥が冷えていくような感覚に襲《おそ》われていた。神の怒りに触れたことに、無意識の恐《おそ》れが膨れ上がっていくのだ。

晴明は歯嚙《はが》みする。

しかし、いくら神が憤怒《ふんぬ》を見せようと、晴明も引くことはできない。

帝《みかど》から、内親王脩子をくれぐれも頼《たの》むと仰《おお》せつかった。斎王恭子女王をなんとしてでも救うと誓《ちか》った。そしてついいましがた猿田彦大神が姫《ひめ》を守るようにと仰せられた。

神の名で神と対峙《たいじ》することになるとは、なんとも凄《すさ》まじい話である。

「――――」

青龍の双眸が剣呑にきらめいた。前方に凄絶《せいぜつ》な神気の渦がある。それが大きくうねって晴明たちに飛び掛《か》かってくるのを認め、青龍は飛沫を上げながら立ち止まった。

「玄武！」

青龍が何を言わんとしたのかを察した玄武は諸手《もろて》を広げる。

「波流壁《はりゅうへき》！」

玄武自身と白虎、晴明を囲む水の渦が形成される。瞬間《しゅんかん》、青龍の神気が炸裂《さくれつ》した。

神の放った神気を青龍の通力が鮮《あざ》やかなまでに打ち砕《くだ》く。凄まじい力のぶつかり合いで神気が一瞬《いっしゅん》具現化し、まるで水晶《すいしょう》の欠片《かけら》のように輝《かがや》きながら散っていく。

晴明は思わずそれに見蕩《みと》れた。これが魔性《ましょう》のものとの対峙であれば、このような現象は決して起こらない。穢れのない神の神気だからこそだ。

青龍は注意深く辺りを見回した。攻撃《こうげき》の気配はない。その予兆があれば問答無用で迎撃《げいげき》する構えだった。

「宵藍」

晴明がたしなめるが、青龍は譲《ゆず》らない。たとえ相手が天津神《あまつかみ》の最高位に位置する存在だとしても、彼の主《あるじ》は安倍晴明であり、主を守ることが青龍にとってもっとも重んずるべき事柄《ことがら》だった。

雷鳴《らいめい》が轟いた。

風向きが変わる。その中に、冷え冷えと冴《さ》え渡《わた》る烈《はげ》しい神気がはらまれている。

晴明はおもむろに首をめぐらせた。

闇《やみ》の中に、背の高い木々の中でもひときわ見事な楠《くすのき》の巨木《きょぼく》が聳《そび》え立っている。

楠は奇《く》すしき木。霊妙《れいみょう》なる樹木だ。巨木の多い禁域の森に、榊《さかき》はあまり見られない。

ならば、これが日霊子の神籬《ひもろぎ》か。

晴明は深呼吸をした。離れているのにもかかわらず、先ほどからずっと凄まじい圧迫感《あっぱくかん》を感じている。烈しくも猛々《たけだけ》しい神威が辺り一帯に満ち、呼吸も難しいほど濃密《のうみつ》なのだ。

見鬼《けんき》の才を持たない徒人《ただびと》でも、なんらかの異変に気づくだろう。体調を崩《くず》すかもしれないし、頭痛などを起こすかもしれない。異様な寒さに襲われるかもしれないが、それは人それぞれだ。

大日霊子貴尊は、伊奘諾尊《いざなぎのみこと》と伊奘冉尊《いざなみのみこと》が最初に生んだ神だ。伊奘冉の腹を借りて、根源神がこの地上に降りたのだ。その輝きはあまりにも強く、まだ定まっていない国を脅《おびや》かしてしまうかもしれない恐れがあったため、表舞台《おもてぶたい》から隠《かく》された。

そして、日霊子と対《つい》になる神格を持つ神が誕生するときを待っていた。

日霊子は日霊女の影《かげ》となり、伊勢の地に鎮《しず》まってからの長きにわたってこの地を守護しつづけてきた。

伊勢の地と、天照大御神の和魂《にぎみたま》大日霊女貴尊を穢された日霊子の怒りは正当なものだ。それを力で抑《おさ》え込めば、すべて晴明自身に跳ね返ってくるだろう。

神気を放つ楠の一丈《じょう》ほど前で立ち止まり、晴明は膝《ひざ》をつくと、両の袂《たもと》を後ろにさばいて居住まいを正した。

彼の背後にいる神将たちが敵意を感じて戦闘《せんとう》態勢を取る。いつの間にか、白い獣《けもの》が半円状に彼らを包囲していた。狼《おおかみ》に似ているが、犬のようにも見える。鹿のようでも、猪《いのしし》のようでもある。神の眷属だ。人界に生きる動物の姿を模しているだけで、そのどれでもない。

晴明は息を吸い込むと、拍手《かしわで》を打った。雨のせいで音が響《ひび》かない。もう一度。

今度は先ほどより響いた。怒りの波動が、ほんのかすかにだが薄《うす》れる。だがすぐさま勢いを盛り返し、晴明を取り囲んで呼吸を阻む。

息はすべての基本だ。焦燥《しょうそう》は呼吸を乱す。人間の力でこの神を屈服《くっぷく》させることは不可能だ。

しかし、鎮め奉《たてまつ》ることならばできるはず。

胸の前で手を合わせ、晴明は瞼《まぶた》を閉じた。視覚を閉《と》ざして余計なものを見なければ、心の乱れは多少防げる。

全霊《ぜんれい》を傾《かたむ》けても、自身の身の危険はまったく感じない。なぜならば、神将たちがいるからだ。

「ひふみよいむなやここのたり」

その場に満ちた神気が、波打つように大きく震《ふる》えた。

◆　◆　◆

竜巻《たつまき》に巻き込まれるようにして雨雲の真下を翔《か》けていく六合と風音は、ときおりひらめく雷の剣《つるぎ》を撥《は》ね除《の》けながら地上を睨《にら》んでいた。

目の前に降りかかる稲妻を、六合の霊布《れいふ》が弾《はじ》き返す。烈しい音を立てて飛散する稲妻の欠片が風音の肩口《かたぐち》を掠めた。

六合がはっと口を開きかけるのを制し、風音は気丈《きじょう》に笑った。

「これくらい、なんてことない。それよりも」

鬱蒼《うっそう》と茂《しげ》る森を俯瞰《ふかん》して指差す。

「天岩戸はこの辺りのはず。降りましょう」

呼吸を合わせて竜巻から飛び出す。風の渦《うず》を出れば支えを失ったふたりは真っ逆さまに落下していく。

何度か回転して中空で体勢を立て直し、木々の狭間《はざま》を縫《ぬ》って濡《ぬ》れそぼつ大地に降り立つ。

落下の勢いを完全に殺しきれず、風音は両手と膝をついた。

一方の六合はなんなく着地し、風音を気遣《きづか》って振《ふ》り返る。彼女は少しよろめいたが、大丈夫《だいじょうぶ》だというように片手を上げて見せた。

そのまま駆け出そうとした瞬間、彼らの直感に訴《うった》えるものがあった。足を止めて全身で警戒《けいかい》する。やや置いて、巨木の陰《かげ》から見覚えのある姿が現れた。

「阿曇…」

呟いたのは風音で、六合は益荒を怪訝《けげん》そうに見つめている。

海津島の神使たちは六合たち同様ずぶ濡れで、長時間雨に打たれながら移動してきたことを物語っていた。

「なぜお前たちがここに」

六合の低い問いかけに、口を開いたのは益荒だ。

「我らが玉依姫の下命だ。天岩戸の奥に隠れた巫女《みこ》神を、なんとしてもこの世に連れ戻《もど》せ、と」

「巫女神…天照大御神の和魂？」

風音が確認《かくにん》すると、阿曇が首肯《しゅこう》した。そして尋《たず》ねてくる。

「お前たちこそなぜここに」

風音はことの経緯《いきさつ》をかいつまんで説明し、天岩戸に向かっているのだと告げた。

益荒と阿曇が視線を交《か》わす。

「巫女神が隠れたのも天岩戸だ」

「目的地は同じか」

ならばと、四名は無言で身を翻《ひるがえ》す。

天岩戸の奥に隠れた巫女神大日霊女貴尊。

大日霊子貴尊の天勅《てんちょく》に従って天岩戸に連れてゆかれた内親王脩子。

脩子は帝の直系。天照大御神の分御霊《わけみたま》だ。一度はその声を降ろしたこともある。

風音は無性《むしょう》に焦燥していた。胸の奥が早鐘《はやがね》を打っている。どれほど努力しても鎮《しず》まらない。

「姫宮……」

お願い、どうか無事でいて。

闇の中に鳥居を見出《みいだ》した一同は、それをくぐり坂を駆《か》けのぼる。

降水で川のようになっている坂をのぼりきると、数名の神職たちが座したまま身じろぎひとつしない様を目撃《もくげき》する。

張り詰《つ》めた緊迫感《きんぱくかん》が彼らの足をその場に縫いとめた。

一種異様な光景だった。寒さで紙ほどに白い面差《おもざ》しは、一点を凝視《ぎょうし》している。

彼らが視線を据《す》えているのは、大きな岩だった。そこにかけられた注連縄《しめなわ》は岩にめり込んで、岩壁《いわかべ》と岩を隙間《すきま》なく密着させている。

まるで、何かをふさいでいるかのように見えた。

風音は呆然《ぼうぜん》とした。脩子の姿がどこにもないのに、どうして彼らは身じろぎひとつしないのか。

もうひとつ。この地において天岩戸と呼ばれる場所には、穴が開いていたはずだ。その奥から森の清浄《せいじょう》な気を含《ふく》んだ清水が湧《わ》き、小川となって流れ出ていたはず。

それが見当たらない。まさか。

慄然《りつぜん》とする風音の耳に、益荒の唸《うな》りが突《つ》き刺《さ》さった。

「岩戸が閉じられている。これは神代《かみよ》の再来だ」

遥《はる》かな昔、天岩戸の向こうに天照大御神は引き籠《こ》もった。地上は闇に覆《おお》われて、数多《あまた》の穢《けが》れが満ち満ちた。

岩戸が閉じられたいま、あの向こうは人界にあらず。そこに迷い込み元きた道を見失えば、脩子は二度と現世《うつしよ》に戻れない。

荒魂は血を欲《ほっ》す。日霊子は日霊女の穢れを祓《はら》い、削《そ》がれた力を取り戻すために、天照の分御霊たる脩子を境界の狭間に呼び込んだのか。

岩に駆け寄って注連縄に手をかける。しかし風音の体は撥《は》ね除けられるように弾かれた。

もんどりうって転がる風音を六合が抱《だ》き起こす。

「神威《しんい》が岩戸を封《ふう》じているのか」

太古の昔と同じく、神の力が岩戸を完全に閉じている。何人《なんぴと》もそれを開くことはできない。

開くことができるのは、ただ天照大御神のみ。

「巫女神が戻らねば、日霊子は決して鎮まらない。いずれその力に惹《ひ》かれた魔物《まもの》が伊勢に押し寄せてくるぞ」

益荒の唸りが雨に掻《か》き消される。阿曇は座したままの神職の胸倉《むなぐら》を摑《つか》んだ。

「貴様たちは何をしている。内親王を岩戸の奥に押し込めたのはなぜだ」

男は顔を歪《ゆが》めて息も絶え絶えになりながら答えた。

「…天勅…我らは……神威に従った…まで…っ」

益荒と阿曇の凄《すご》みの増した眼光が神職を射貫《いぬ》く。男はしかし怯《ひる》まなかった。

「我らは神に仕える民《たみ》。神威に従うは我らの使命。何よりも、姫宮様《ひめみや》は、御自《おんみずか》ら岩戸の奥に入られた！」

益荒たちが反論するより早く、風音が怒号《どごう》した。

「戯《ざ》れ言を！」

一喝《いっかつ》された男がたじろぐ。

細身の女が全身から怒《いか》りの闘気《とうき》をたぎらせている。それは、神職たちを突き動かした神威の恐《おそ》ろしさに匹敵《ひってき》するものだった。

「神に仕えるというなら、幼い姫宮を差し出す前に、なぜ己《おの》が命を捧《ささ》げて神を鎮《しず》めようとしなかった！」

天津神の娘《むすめ》である風音の気迫《きはく》に呑《の》み込まれ、神職たちは慄《おのの》く。

神威の具現《けんげん》が顕現した。男たちはその衝撃《しょうげき》に呼吸すらおぼつかなくなる。

青ざめてざわつく神職たちを打ち捨てて風音は岩を顧《かえり》みた。荒魂の神威がふさいでいるのなら、岩を無理やりにでも打ち砕《くだ》く。

苛烈《かれつ》な霊力《れいりょく》が迸《ほとばし》る。雨滴《うてき》の軌跡《きせき》がその波動で大きく曲がり、飛沫《しぶき》があがって逆巻く。

岩めがけて霊力を叩《たた》きつけようとする風音の腕《うで》を、六合が捉《とら》えた。

「風音」

「止めないで彩煇《さいき》！」

悲鳴のような声で彼女は叫《さけ》ぶ。

「姫宮を守ると約束したのよ！　私は、だから……っ！」

感極《かんきわ》まった風音を、六合はぐいと引き寄せた。

「……っ……！」

喉《のど》の奥が震《ふる》えてうまく呼吸ができない。

震える指で霊布を摑む風音を抱《だ》き込んだまま、六合は益荒を一瞥《いちべつ》した。

「策は」

「ある」

即答《そくとう》し、海津島の神使は磯部の神職たちを睥睨《へいげい》した。

「これらとて神に仕えるもの。我らが主《あるじ》の神威を降ろし、岩戸を開く」

雨滴をまとった阿曇が、益荒の言葉に得心がいった様子で鋭《するど》く笑う。

彼らの様子に何かを察したらしい六合は目を細めた。風音が悲痛な面持《おもも》ちで視線を上げる。

「……なるほど。神代の再現か」

六合の台詞《せりふ》を訝《いぶか》って瞬《まばた》きをした風音に、阿曇が告げる。

「日霊子の怒りがとけなくとも、巫女神が応じれば岩戸の封じは消えるはずだ」

はっと息を呑む風音を放し、六合が益荒とともに岩戸の前に移動する。

神職たちは雷《かみなり》に打たれたように、一斉《いっせい》に平伏《ひれふ》した。

彼らが何をしようとしているのかに気づき、風音は思わず声を上げる。

「どうやって……」

「我らの主が力を貸してくださる」

阿曇が天を仰《あお》ぐ。

と、まるで呼応するように、天を切り裂《さ》く稲妻《いなずま》が生じた。低く轟《とどろ》く雷鳴《らいめい》が長く長く木霊《こだま》する。

その響《ひび》きにあわせて、阿曇が両手を天に差し出した。右足を軽く上げ、落とす。

同時に神職たちが一斉に拍手《かしわで》を打った。雨の間隙《かんげき》を縫《ぬ》ってぱあんと鋭い音が立つ。

息を吸い込んで天を仰いだ阿曇に、稲妻がまっすぐに落ちてきた。

「阿曇っ」

思わず叫ぶ風音に薄《うす》い笑《え》みを投げかけて、海津島の神使は天の光に貫かれる。

その瞬間《しゅんかん》、鈴《すず》のような音色が辺り一面に木霊した。

雨音の一切《いっさい》が消え、雷号の一切も消え、瑠璃《るり》を打ち鳴らすような、玻璃《はり》を打ち鳴らすような、澄《す》んだ響きが幾重《いくえ》にも木霊して奇《く》しき調べを紡《つむ》ぎだす。

根源神天御中主神の奏《かな》でる御厳《みいつ》の音色だ。

そして、その旋律《せんりつ》に合わせ、面差しの豹変《ひょうへん》した阿曇が雨滴を弾《はじ》きながら厳《おごそ》かに舞《ま》い踊《おど》る。

神代、天岩戸に引き籠もってしまった天照大御神を引き出すために、八百万《やおよろず》の神々を前に天《あめの》鈿女命《うずめのみこと》は舞い踊った。神々はどっと歓声《かんせい》を上げ、不思議に思った天照大御神は岩戸を細めに開けて何事かを問うたのだ。

益荒が岩戸に手をかけ、間合いを計る。

阿曇に降臨した天鈿女命が、それまで閉じていた瞼《まぶた》を開いた。

――いまです

六合が注連縄を全力で引き剝《は》がし、益荒が渾身《こんしん》の力で岩戸をこじ開ける。と、せき止められていた湧き水が濁流《だくりゅう》となってあふれ出す。

穴の奥から冷たい風が吹《ふ》いた。

人界の空気ではない。人の生きる世界のものとは違《ちが》う風が流れてくる。

六合と益荒は全力をこめているが、神の力は凄《すさ》まじい。再び岩戸を閉じようとする波動があって、ふたりがかりでなんとか拮抗《きっこう》する。

風音を振《ふ》り返った六合が叫ぶ。

「行け！」

風音は目を瞠《みは》る。益荒があとにつづけた。

「巫女神の穢れを祓い、内親王を連れ戻《もど》せ」

穴の奥は界の狭間《はざま》。六合と益荒は岩戸を押さえ、阿曇は根源神の神威と天鈿女命の依坐《よりまし》の役を担《にな》う。入れるのは風音だけだ。

頷《うなず》く風音に六合は己れの霊布《れいふ》を肩《かた》から引き剝がして手渡《てわた》した。

それをまとい、風音は穴の奥に飛び込んだ。

7

暗い。

明かりひとつない暗闇《くらやみ》の中を、脩子は懸命《けんめい》に進んでいた。

どこまでつづくのだろう、この穴は。どこまで進めばいいのだろう。

少しずつ闇に目が慣れてきたが、どこまで足を進めても終わりがない。

「……このまま、すすんでいて、いいのかしら…」

不安が徐々《じょじょ》に育っていくが、脩子はそれを胸の奥に押し込めてとにかく足を進める。

おかあさま。おかあさま。おかあさま。

足を進めるたびに胸の中で繰《く》り返す。怖《こわ》くても、行かなければ。天勅《てんちょく》に従って、役目を果たさなければ。

いつの間にか岩壁《いわかべ》は消えて、何も見えない場所に出たようだった。

手探《てさぐ》りでたどろうにもどこにも指先が触《ふ》れない。脩子はせわしなく視線を彷徨《さまよ》わせた。

どちらに向かえばいいのだろう。神は、自分にどこに向かえと示しているのだろう。

果たして自分は、この先何をすればいいのだろう。

何もわからない。わからないことが怖ろしく、脩子はその場に立ち尽《つ》くした。

おかあさま。おかあさま。おかあさま。

まるで禁厭《まじない》のように、心の中で何度も何度も繰り返す。両手をきゅっと握《にぎ》り締《し》め、唇《くちびる》を引き結んで、精《せい》いっぱいの勇気を振り絞《しぼ》る。

闇の中に一歩を踏《ふ》み出す。神の声を聞き漏《も》らさないように耳を澄ませて、そろりそろりと足を進める。

どちらに行けばいいのか。わからなかったので、脩子はそのまま前だと思ったほうに進んだ。手をのばして何もないことを確かめながら、つま先で探りながら闇の奥へ奥へと向かっていく。

どれほどそうしていたか、脩子はふと立ち止まった。

誰《だれ》かが、いる。姿は見えない。相変わらずの闇だ。なのに、どうしてかそこに何かがいるのだと彼女は思った。

暗闇の向こうを見定めようと懸命に目を凝《こ》らす。ふいに、彼女は瞠目《どうもく》した。

誰かがそこに横たわっている。それが誰なのかを悟《さと》ったとき、脩子はまろぶように駆《か》け出していた。

「おかあさま！」

遠い都にいるはずの定子が、力なく横たわっている。その傍《かたわ》らに膝《ひざ》をついて、脩子は必死に呼びかけた。

「おかあさま、おかあさま！」

定子は動かない。ぐったりとしたままぴくりとも反応せず、青白い面《おもて》は息も絶え絶えの様子だった。

脩子は泣きそうになった。

どうしよう。どうすればいいのかわからない。人を呼ぼうにも近くには誰もいない。

「かざねぇ……」

うつむいて肩を震わせる。

だれかたすけて。おかあさまをたすけて。

懇願《こんがん》する少女の耳に、重々しい声音《こわね》が響いた。

『――助けたいか』

脩子は目を開いて、そろそろと顔を上げた。辺りを見回しても誰もいない。

慄《おのの》く脩子の耳に、もう一度聞こえる。

『助けたいか』

脩子は逡巡《しゅんじゅん》した。答えてよいものか。だが、母はいまにも儚《はかな》くなってしまいそうに見える。

このままにはできない。

「……たすけて」

か細い声で訴《うった》える。

すると、凄まじいうねりが脩子を取り巻いた。

『ならば』

怯《おび》えて硬直《こうちょく》する脩子の眼前に、見えない何かが迫《せま》ってくる。

「……っ」

定子の姿が掻《か》き消え、代わりに見知らぬ女性が両手を投げ出して倒《たお》れている様が見えた。青白い面差《おもざ》しは、まったく知らないものなのにどこか懐《なつ》かしさを覚える。

おかあさまはどこ。

狼狽《ろうばい》する脩子の体を圧迫感《あっぱくかん》が覆《おお》う。息が詰《つ》まってのけぞる少女の胸元《むなもと》めがけて、唸《うな》りをあげる何かが振り下ろされる。

衝撃《しょうげき》が胸から背中を突《つ》き抜《ぬ》ける。

「…………っ…！」

短く悲鳴を上げて、小さな肢体《したい》は仰向《あおむ》けに投げ飛ばされた。

遠のく意識の中で、瞼の裏に母の姿が見えた。両手をのばして悲痛な声で脩子を呼んでいる。

脩子は残る力を振り絞って、懸命に指をのばした。

おかあさま……！

刹那《せつな》。

「戻れ！」

耳の近くで、誰かが叫《さけ》んだ。同時に抱《だ》きとめられ、肢体を取り巻いていた圧迫感がぱんと音を立てて四散する。

顔の見えない誰かは脩子を抱《かか》えたまま拍手《かしわで》を打った。

十言《とこと》の神咒《かじり》と五大神咒《ごだいしんじゅ》を詠唱《えいしょう》し。再び拍手を打つ。

なんだか、父の腕《うで》に抱《だ》かれているみたいだと、脩子は唐突《とうとつ》に思った。自分がすっぽりと収まる腕を、脩子は父のものしか知らなかったので。

「アマテラスオホミカミ、トホカミヱミタメ」

再びふたつの神咒を唱える。そうして、低くよく通る声は、それを何度も何度も繰り返し詠唱する。

不思議な響《ひび》きだと思った。不思議だが、嫌《いや》な響きではない。よく晴明が口にするものと、似ている。

執拗《しつよう》に脩子を奪《うば》おうとしていた気配は、神咒が重なっていくごとに威力《いりょく》を失い、徐々に薄《うす》まっていった。

それと同時に横たわっている女性の身体《からだ》が、ほんのりと光を放ちはじめた。

鈴《すず》を鳴らすような不思議な響きが小さく木霊《こだま》する。

「アマテラスオホミカミ、トホカミヱミタメ」

詠唱に応じるように鈴の音が生じ、ほんのりとやわらかい光が強くなっていく。

肌《はだ》を刺《さ》すような圧迫感はすっかりとなりをひそめ、光に満ちた女はゆるやかに目を開けた。

その姿が透《す》き通り、ひときわ大きな鈴の音が木霊したかと思うと消える。

辺りには螢火《ほたるび》のような燐光《りんこう》が残された。

最後の締めに拍手を打ち、脩子を抱えた男はふうと息を吐《は》き出した。

硬直していた脩子は、恐《おそ》る恐る男の顔を見る。見たことのない横顔だ。

男は脩子を見返して、くしゃりと笑った。


岩戸の奥に飛び込んだ風音は、漆黒《しっこく》の闇を切るようにして疾走《しっそう》していた。

脩子の気配を追うよりも、怒《いか》れる神の気をたどったほうが早い。

闇に分け入っていけば行くほど空気が豹変《ひょうへん》し、彼女のよく知る人界と異界の狭間《はざま》のそれに変わっていく。

彼女の父が阻《はば》む黄泉《よみ》ではない。それとは正反対の、数多《あまた》の神が住む天に近い場所。

生身の人は、そこにたどり着けない。生身のままでは決して入れない。脩子はそこに招かれている。急がなければ、取り返しのつかないことになる。

「姫宮《ひめみや》…！」

悲痛にうめいた風音の肌を、荒魂の神気が打ち据《す》える。霊気《れいき》でそれを跳《は》ね返し、唸った。

「姫宮は、渡《わた》さない」

たとえ相手が神でも、脩子をその手から守り抜く。助けを求める声を聴《き》いたときから、風音はそう心に刻んでいた。一度は手駒《てごま》として操《あやつ》り、ひどいことをさせてしまった。怖ろしい思いをさせてしまった。

罪滅《つみほろ》ぼしにはならないだろう。騰蛇に対して彼女が行った仕打ちと同様に、許されることではないのだから。

それでも、あの幼い内親王の力に少しでもなれたらと、風音は心底思っている。

ふいに風が変わった。目を瞠《みは》ったとき、突如《とつじょ》として日霊子の神気が猛《たけ》り立つ。しかし神気は徐々《じょじょ》に鎮《しず》まり、代わりに燐光が立ち昇《のぼ》った。

それまで漆黒の闇《やみ》だった視界に光が生まれ、広がっていく。それは、大日霊女貴尊の神威《しんい》そのものだった。

穢《けが》れで消えかけていた太陽神の神気が復活した。

風音は言葉もなく立ち尽《つ》くした。

日霊子の怒《いか》りを鎮めるのは、皇家直系の人柱。その分御霊が日霊女の力を補い、穢れを打ち消すための鍵《かぎ》であったはず。

「……まさか…」

青ざめる風音の頬《ほお》をつめたい汗《あせ》が落ちる。戦慄《せんりつ》が背筋を駆け下りる。

足が根を生やしたように動かない。肩《かた》が小刻みに震《ふる》えて、呼吸がままならない。

手で口元を覆って引き攣《つ》れたように息を吸い込んだ風音は、振《ふ》り絞るように叫んだ。

「姫宮…っ！」

そこに、鈴の音が響いた。

天から降り注ぐような音色だ。岩戸の前で聞いたのと同じ澄《す》んだ響きが、静かに木霊する。

辺りに広がった光が徐々に薄れていき、螢火のような燐光があちらこちらで舞《ま》っている。

鈴の音以外の一切《いっさい》が消えて、螢火がふわりふわりと舞い踊《おど》る。

その中に、小さな足音が混じった。

風音は視線を滑《すべ》らせた。

脩子のものかと思ったが、少しずつ近づいてくる足音は、子どものそれではない。では、一体誰《だれ》の。

螢火が揺《ゆ》れる。誰かに抱かれた脩子の後ろ姿が見えた。

「ひ……、…っ！」

思わず上げかけた声は、次に浮《う》かび上がった面差しを見た瞬間《しゅんかん》に途切《とぎ》れた。

愕然《がくぜん》と目を見開く風音に、男は僅《わず》かに瞼《まぶた》を震わせて目を伏《ふ》せる。そうして脩子を静かに下ろすと、その頭を撫《な》でて風音をついと指差した。

脩子が風音を振り返り、顔を歪《ゆが》めて走り出す。

「かざねっ！」

すがりついてきた脩子を受けとめることもせずに、立ちすくんだ風音はわなわなと唇《くちびる》を震わせ、喉《のど》の奥から絞《しぼ》り出すようにしてうめいた。

「……宗《そう》…主《しゅ》…さま…！」

男はうつむいたまま一礼する。その姿を浮かび上がらせていた螢火のひとつがすうっと消えて、そこに闇が音もなく舞い降りた。

風音の手を摑《つか》んだ脩子が螢火の中で不思議そうに首を傾《かし》げる。

「かざね、あのおとこをしっているの？」

風音は不自然なほどぎくしゃくとしながら脩子を見下ろす。少女は笑った。

「たすけてくれたの。それで、あぶなくないように、ここまでともにきてくれたの」

でも、名を問うてもはぐらかして答えてくれなかったのだ。

「しっているの？　あれはだれ？」

あれは。

風音は顔を歪めて頭《かぶり》を振った。いまひと言でも発したら、そのまま何かが崩《くず》れてしまいそうだった。

ああ、ここは、神の住む場所だ。天につながる境界の狭間。そして夢殿《ゆめどの》にもつながる場所。

膝《ひざ》を折って脩子の肩を抱き、風音はようやくこう告げた。

「……戻《もど》りましょう、姫宮」

脩子は怪訝《けげん》そうにしながら、それ以上問うてはいけない気がして静かに頷《うなず》いた。そして、はっと思い出した様子で衣《ころも》の合わせに手を入れる。

「あのね、これ……」

弱りきった顔で脩子が取り出したのは、真ん中でふたつに折れてしまった櫛《くし》だった。

「ふじかのものなのに、こわしてしまったの。きっとさっき、なにかがぶつかってきたときに」

胸に何かが振り下ろされた。その衝撃《しょうげき》で、衣の中でばきんと音がしていたのをかすかに捉《とら》えていた。

胸が潰《つぶ》れてしまったのだと思ったのだが、探《さぐ》ってみるとこの櫛が割れていたのだ。あとは、多少の痛みが残る程度でなんともない。

「どうしよう。だれかにもらったものだといっていたのに」

泣きそうに顔を歪める脩子を抱き上げて、風音は応《こた》えた。

「戻って、正直にそれを伝えましょう。それで、心から謝るの」

「そうしたら、ふじかはゆるしてくれる…？」

「わからないわ。でも、姫宮が最初にするべきことは、きっとそれなのよ」

脩子は神妙《しんみょう》な面持《おもも》ちでうんと頷いた。風音にしがみついて首に手を回す。ようやくほっとしたように息をつく脩子の背を叩《たた》いて、風音は心から安堵《あんど》した。

◇　◇　◇

海津見宮の祭殿《さいでん》の間で、斎は端座《たんざ》して瞑想《めいそう》していた。

篝火《かがりび》の薪《まき》がぱちぱちと音を立てる。

肩がぴくりと動き、斎はおもむろに瞼を開いた。

「……」

ほうと嘆息《たんそく》し、すっくと立ち上がる。

三柱鳥居に一礼して祭殿の間から下がったとき、石段を降りてくるふたりの影《かげ》が視界に入った。

結界を越《こ》えて立ち止まった斎の前に、益荒と阿曇は片膝《かたひざ》を折ってこうべを垂れる。

「ただいま戻りました」

「うん。ご苦労だった」

斎は深々と息をついた。

「ようやく巫女神も戻られた。我が君も、お前たちをよくねぎらうようにとの仰《おお》せだった」

ふたりは血相を変えて口々に言い募《つの》った。

「そのような」

「あれしきのこと、造作もありません」

「そうか？」

首を傾《かたむ》けて、斎は瞬《まばた》きをする。

「天鈿女命をその身に降ろした阿曇が力を使い果たして、益荒が宮まで抱《だ》いてきたのだと聞いたが」

石段の途中《とちゅう》で降ろしてもらったのだとも。

阿曇は絶句した。

「な……っ」

益荒は表情ひとつ変えない。

「それは、我が君が？」

「うん。巫女神は苦労をかけたことを詫《わ》びられていた」

阿曇は思わず手をついた。目眩《めまい》がしたためだ。かろうじて体勢を保ちながら口を開く。

「…お気遣《きづか》い、ありがたく……」

「内親王の様子は」

問いかけに応じたのは益荒だ。

「いささか疲《つか》れが見えましたが、無事に伊勢に戻りましてございます」

そうかと頷いて、斎は静かに笑った。

◆　◆　◆

翌朝、晴明は内院を訪《おとず》れた。

斎王の容態は、一見あまり変化はないように見えた。しかし、明らかに周辺の空気が変わっている。

ずっと重苦しい雰囲気《ふんいき》が漂《ただよ》っていた。それは恭子女王の病を受けて皆《みな》が案じていたからだと考えていたのだが、それだけではなかったのだろう。

平癒《へいゆ》の禁厭《まじない》を施《ほどこ》して斎王の間を退出した晴明は、深々と嘆息した。

「神の怒《いか》り、か……」

本日の空模様は薄曇《うすぐも》りで、太陽は雲の向こうで弱々しく輝《かがや》いている。

晴明の執《と》り行った鎮魂《たましずめ》の儀《ぎ》で大日霊子貴尊は一時的に鎮《しず》まった。が、相手は天照大御神の荒魂だ。まだ予断を許さない状態だろう。

折しも季節は冬。これからどんどん昼が短くなり、世界は陰《いん》の気に満ちていく。それは斎王の身に顕著《けんちょ》に現れるだろう。冬至が過ぎるまで油断はできない。

昨夜のことは六合から聞いている。晴明たちが日霊子を鎮めて中院に戻ってきたのは夜明け前で、太陰とともに六合が宿体《しゅくたい》についていた。

一連を報告された晴明は、自分がいない間にそんなことがと驚愕《きょうがく》するとともに、もし海津見宮の神使たちの助けがなかったらどうなっていたかと戦慄《せんりつ》した。のちほど改めて助力に対する礼を尽《つ》くさなければならないだろう。

まんじりともせずに待っていた彰子と雑鬼たちは、脩子の無事を大層喜び、涙《なみだ》ぐんでいたという。脩子はすぐに床《とこ》に入り、それを見届けてから彰子も休んだということだった。

脩子の居室に向かった晴明は、妻戸《つまど》の前に端座している風音を認めた。

「おや、雲居殿《どの》」

うつむいていた風音は顔を上げた。思わぬ憔悴《しょうすい》ぶりに、晴明は驚《おどろ》く。

「どうされた、風音殿…」

思わず真《まこと》の名を呼ぶ晴明に、風音は逡巡《しゅんじゅん》して、漸《よう》う答えた。

「……岩戸の向こうで、人に、会いました」

「人？」

訝《いぶか》る晴明から視線をはずし、風音は目を伏《ふ》せる。

「……二度と会うことはないと思っていて。……でも、私の知っている人では、なかったのです……」

膝の上で合わせた手のひらを握《にぎ》り締《し》める。

「すみません。少し、動揺《どうよう》して」

老人は静かに風音を見下ろした。

彼女が岩戸の向こうで誰《だれ》と会ったのか、六合から聞いている。そして、岩戸から出てきた彼女がどれほどひどい顔をしていたのかも。

それを聞いた晴明は、様々な思いがない交ぜになった面持ちで呟《つぶや》いた。

——何をやっている、あの戯《たわ》け
「……きちんと、休まれましたか？」

風音は頭《かぶり》を振《ふ》る。眠《ねむ》ろうにも眠れなかった。

「なら、今日は姫宮《ひめみや》様にお許しを頂いて、少し休まれるのがよろしい。あれを連れて行ってくれて構いませんぞ」

あれとは寡黙《かもく》な闘将《とうしょう》のことだ。

風音はうつむいたまま呟いた。

「……晴明殿《どの》は、お優《やさ》しい」

「おや、ご存じありませなんだか」

「知っています」

ほろ苦く笑って、そのまま彼女は深くこうべを垂れた。

「すみません。……お借りします」

雲の切れ間から陽《ひ》が落ちてくる。

廂《ひきし》に座していた彰子は、肩越《かたご》しに振り返って静かに微笑《ほほえ》んだ。

茵《しとね》に入った脩子が規則正しい寝息《ねいき》を立てている。その周りに雑鬼たちが、思い思いの格好で転がっていた。

雑鬼たちは夜行性で、昼間は彼らの就寝時間《しゅうしん》だ。昨日海で散々はしゃぎ、夜通し彰子を慰《なぐさ》めてくれていたので、さすがに疲《つか》れたのだろう。

脩子は朝方一度目を覚まし、彰子を呼んだ。

小さな肩《かた》をさらに小さくして、料紙の上にのせた櫛《くし》をそろりと差し出した。櫛は真ん中で真っぷたつに割れていた。

さすがに言葉を失う彰子に、脩子は何度も謝った。どうして割れてしまったのかも言い添《そ》えて、固く目を閉じてうつむいた。

はじめは何も言えなかったが、幼い脩子が必死で詫びる姿に可哀想《かわいそう》になった。

だから、告げた。櫛は、魔除《まよ》けと、依代なのだそうですと。

——髪《かみ》は神なんだって。だから、髪を梳《す》く櫛も神具《しんぐ》なんだって、何かで読んだよ
懐《なつ》かしい声が甦《よみがえ》って、彰子は目を細める。

お気になさらないでください。これは依代なので、だからきっと、姫宮様の身代わりになったのでしょう。

櫛を受け取って、彰子は思った。

脩子の無事を切に願っていた。何事もなく戻《もど》ってきてくれるよう祈《いの》っていた。

櫛は神具。昌浩が想《おも》いを込めて贈《おく》ってくれた代物《しろもの》だ。それがきっと、彰子の願いをかなえてくれた。壊《こわ》れることで、脩子の身代わりとなってくれた。きっとそうなのだと思う。

ふたつに割れた櫛は料紙に包んで、いま懐《ふところ》に入れてある。髪を梳けなくなっても、この櫛が大切なものであることに変わりはない。

上げられた半蔀《はじとみ》から風が吹《ふ》き込んでくる。久々に乾《かわ》いた軽い風だ。

簀子《すのこ》に出て見上げれば、ところどころに白い雲が浮《う》かぶ青空になっていた。

西の空は高く、あの下にある遠い地には彰子の大切な人たちがいる。

離《はな》れているのに、どうしてか心はとても近く、確かなもので結ばれているのを感じている。

ばさりという羽ばたきを聞いた気がして、彰子は目を凝《こ》らした。

青空の中に小さな黒い点が生じたかと思うと、それは少しずつ大きくなる。

大きく広げた両翼《りょうよく》を何度も羽ばたかせて、一直線に向かってくるのだ。

彰子は息を吸い込んだ。

書くことがたくさんある。伝えたいことがたくさんある。うまく言葉にならなくていつも書ききれないで終わってしまうけれど。

それでもきっと、言葉にできなくても、大切なことは伝わっている。

『おお、出迎《でむか》えとは大儀《たいぎ》であるぞ』

舞《ま》い降《お》りてくる鴉《からす》に、彰子は輝くような笑《え》みを向けた。

「お帰りなさい、鬼」

あとがき

少年陰陽師《おんみょうじ》、記念すべき三十巻目は短編集となりました。

皆様《みなさま》いかがお過ごしでしょうか、結城光流です。

さて、恒例《こうれい》のあれです。

第一位、十二神将火将騰蛇。

第二位、物《もの》の怪《け》のもっくん。

第三位、少年陰陽師安倍昌浩。

以下、勾陣、飄舞、六合、風音、太裳、嵬、冥官、朱雀、青龍、颯峰、成親、雑鬼ーず、太陰、天空、玄武、疾風、結城。

いやはや、主人公遂《つい》にトップから転落。集計開始から紅蓮がぶっちぎりの独走状態で、昌浩は中盤《ちゅうばん》まで二位だったもののもっくんに抜《ぬ》かれ。最後まで勾陣と接戦で、なんとかトップ3に入ったものの、危《あや》うかった。そして誰《だれ》よりも飄舞が熱かった。最後の最後で見事な汚名《おめい》返上となりました。良かった良かった。

二〇一〇年夏は発売ラッシュ。この本を皮切りに、七月下旬《げじゅん》には雑誌 The《ザ》 Beans《ビ》15 と単行本『我、天命を覆す』。九月一日、少年陰陽師新刊及《およ》び、待望の『あさぎ桜画集　少年陰陽師』。

画集にはあさぎさんの描《か》き下ろしと私の書き下ろし短編もある予定です。どうぞお楽しみに。

　そして実は、十月一日に書き下ろしの新作が出ます。『モンスター・クラーン』。このタイトルでぴんとくる人も、もしかしたらいるかも？　いてくれるといいなぁ。ザビ15は少年陰陽師とモンスター・クラーン《モンクラ》の二本立てになる予定です。…たぶん。そんなわけできゅうきゅうしております。冷静に考えてみるとほぼ四ヶ月連続刊行ですね、このスケジュール……。ああそれと八月にはつばさ文庫版少年陰陽師三巻が出る予定。そちらもよろしくお願いします。

　実をいうと、この『御厳《みいつ》の調べに舞い踊れ』はお蔵《くら》入りになる可能性大でした。書けてよかった。

　H部女史との打ち合わせで「そもそも日本神話においての神というものは～～（以下延々語る）～～ということになるんですが、あんまりがっつり書くと陰陽師ではなくて神道《しんとう》の本になってしまう上に読者の皆さんが混乱しちゃいますからねぇ」「すみません結城さん。現時点で私が混乱しています」「えっ」というやりとりがあったのもいい思い出です。

　そんなH部女史と一緒《いっしょ》に作る文庫もこれが最後です。春は出会いと別れの季節なのでした。最後まで色々とご迷惑《めいわく》をおかけしました。お世話になりました。ありがとうございます。

　読者の皆様、ぜひ感想をお聞かせください。ランキングへの投票もお待ちしております。

　怒濤《どとう》の夏ははじまったばかり。次の作品でまたお会いできますように。

結城　光流

〈初出〉

笛の音に踊れ　　　　　　　　　ドラマCD「少年陰陽師　異邦の影を探しだせ」
　　　　　　　　　　　　　　　ドラマCD「少年陰陽師　闇の呪縛を打ち砕け」
　　　　　　　　　　　　　　　ドラマCD「少年陰陽師　鏡の檻をつき破れ」

出だしを思いめぐらせば　　　　ドラマCD「少年陰陽師　禍つ鎖を解き放て」
　　　　　　　　　　　　　　　ドラマCD「少年陰陽師　六花に抱かれて眠れ」
　　　　　　　　　　　　　　　ドラマCD「少年陰陽師　黄泉に誘う風を追え」
　　　　　　　　　　　　　　　ドラマCD「少年陰陽師　焔の刃を研ぎ澄ませ」

なんてことなくありふれた日常　ドラマCD「少年陰陽師　うつつの夢に鎮めの歌を」

御厳《みいつ》の調べに舞い踊れ　書き下ろし

「少年陰陽師 御厳の調べに舞い踊れ」の感想をお寄せください。
おたよりのあて先
〒102-8078 東京都千代田区富士見1-8-19
株式会社KADOKAWA 角川ビーンズ文庫編集部気付
「結城光流」先生・「あさぎ桜」先生
また、編集部へのご意見ご希望は、同じ住所で「ビーンズ文庫編集部」
までお寄せください。

少年陰陽師《しようねんおんみようじ》
御厳《みいつ》の調《しら》べに舞《ま》い踊《おど》れ

結城光流《ゆうきみつる》

角川ビーンズ文庫 BB16-36 16349

平成22年7月1日 初版発行
平成26年4月30日 4版発行

発行者――山下直久
発行所――株式会社KADOKAWA
東京都千代田区富士見2-13-3
電話(03)3238-8521(営業)
〒102-8177
http://www.kadokawa.co.jp/
編 集――角川書店
東京都千代田区富士見1-8-19
電話(03)3238-8506(編集部)
〒102-8078
印刷所――暁印刷 製本所――本間製本
装幀者――micro fish

ISBN978-4-04-441639-3 C0193 定価はカバーに明記してあります。